美國散記

WANDERING THE STATES

柳小冰 著

JPC

目錄

一　哈佛篇

二 打工篇

三 採風篇

四　人文篇

序一

認識柳小冰老師，是在語言教學研討會的場合，是在學生朗誦比賽的場合。原來小冰除了擅長語言教學、詩詞朗誦和歌唱外，還很有文學藝術才華。這次她把二十年前一個訪問學者家庭在美國的所見所聞，加上十年前一位哈佛學生家長的經歷，呈現讀者眼前，別出心裁，以小見大。作者觀察力強，選材生動有趣，更有不少深刻反思，令讀者會心微笑。文章情感真摯，筆鋒清新脱俗，讓人愛不釋手。

我擔任過訪問學者，也有外地短期居留的經驗，所以對第一部分「哈佛篇」，頗多共鳴。讀到第二部分「打工篇」，紐約唐人街和舊金山華埠海外華人的蒼茫生活片段，旋即活現眼前。近四十年來，中國經濟高速發展，從「世界工廠」華麗變身為「全球第二大經濟體」，引起「美國第一」支持者的嫉妒和顧忌，中美互相角力。看一看第三部分「採風篇」和第四部分「人文篇」，可以知己知彼，也可以欣賞一下普羅美國人的爽直與幽默。

美國人有很多可愛之處，如友好、率真、好奇、拾金不昧、女士優先等等，作者特別欣賞美國的青少年教育。適齡孩子必須接受教育，老師對學生多表揚、少批評。年輕人創業不依賴父母，自食其力，勇於開拓，通過勞動獲取報酬，體驗賺錢的辛勤，享受勞動成果。

做義工是美國學生的必修課。在這個高度發達的商業社會，人們追求效益，卻也盡己所能，承擔社會責任，不計回報地做義工，奉獻意識很強。

美國人很重視生態保護，郊外處處綠水青山。社會高度發達了，民眾對大自然的尊重和包容意識依舊，甚至更強烈。在人與人相處方面，大家把幸福生活和提升工作效率建立在相互信賴的基石上。大多的美國人信實、淳樸地生活，不沉醉於手機網絡。

根據作者觀察，美國的不可愛之處也不少。諸如槍擊案頻生、有形無形的種族歧視、少數族裔的貧窮和教育問題等等，要改變這些狀況，要走的路還很遠，而且步步艱辛。

當二十一世紀的鐘聲敲響時，也意味著全球化時代離我們越來越近。人類文明，將何去何從？中西文化，又如何能為未來社會的發展作出貢獻？費孝通先生說得好：「各美其美，美人之美，美美與共，天下大同。」不同文化之間如能良性互動，合力共振，則「天下大同」之願景，並非只是遙不可及的夢。

今日世界，隨著信息科技的迅速發展和全球經濟的一體化，帶來了信息傳播內容與方式的革命性改變，開闢了文化傳播與交流的新時代，各種思想、觀念迅速傳播，產生交互影響。

從文化傳統來看，悠久的中華文化雖有落後的一面，但也積澱了優秀的普世價值；雖經歷史的洗禮卻絲毫不減其光澤。比如，和而不同的包容胸懷、自強不息的文化精神、天人合一的終極關懷、仁義禮智的道德理想、追求和平的淑世精神等。這既是中華民族的財富，也是傾向於工具理性、科技主導、經濟實利的西方文化所欠缺的；而西方重視民主、自由、科學、法治之精神，深具時代意義，是過去倫理型中國社會較忽略的，則可通過轉化和吸收，成為刷新中華文化的寶貴資源。

「海納百川，有容乃大。」尊重不同文化的存在，不僅是中華文化發展的生生不息之源，也是面對多元文化格局應有的胸襟。在和而不同的基礎上，更能賦予人們廣闊的文化視野，通過對比，加深認識，從而推進人類文明長遠的發展。

一本小書，也可能產生意想不到的作用。

施仲謀博士
香港教育大學教授
香港大學中文學院前主任
2023 年 8 月 18 日

序二

與柳小冰女士認識的時間不算長，前些年因她在我供職的《思考香港》撰寫專欄而結識。但她的先生鄒重華博士，卻是我在《中國日報》工作時已認識、相交相知逾十載的好朋友。

「文化快餐」是香港的特色，報章的文化版，往往寫三五個段落，已算一篇。但小冰每次撰稿都「交足功課」，一看而知，對自己的文字非常著緊且認真負責。

日子久了，發現小冰與我的人生經歷有多個交會點。我們都是暨南大學畢業的，我的專業是中國語言文學，她則是對外漢語教學與華文教育。

《美國散記》緣起於小冰在香港《大公報》寫的專欄。當年有人說了一句「你應該把美國的見聞寫下來」，小冰開始較勁了，一寫就是八年。我與《大公報》的緣分，偶然中也有必然。當年我負笈海外讀的是新聞傳播，學成歸國時，投了多封求職信，迅即得到香港《大公報》回覆 —— 其他的香港報章都沒理睬我，而《大公報》恰好又是我最想去的地方。《大公報》是 1949 年前在中國影響力最鉅的民辦報紙，亦是地球上最老資格的中文報章之一，1902 年創辦迄今仍然存活。我在香港《大公報》編輯部呆了十六個春秋，時間剛好是小冰寫八年專欄的兩倍。那是一段燃燒激情的歲月，有芳華綻放，也有黯然神傷。

小冰曾經伴隨丈夫在哈佛大學求學，女兒也是哈佛畢業生。

這一點令我特別羨慕。當年我在北京大學政府管理學院拿到博士學位之後，一直想到哈佛大學甘迺迪政府學院或燕京學社當訪問學者。只是忙於工作，申請一拖再拖，「黃花菜都涼了」。

北大與哈佛有深厚的淵源。北京大學的前身是燕京大學，創辦人名叫司徒雷登（John Leighton Stuart）。此君出生於中國杭州，是傳教士、教育家、外交官，是國民黨政府遷台前最後一任美國駐華大使，因毛澤東於 1949 年 8 月在新華社發表一篇題為〈別了，司徒雷登〉的文章而聲名大噪。

小冰的這本新書，其中有一文寫到哈佛校園四十年老店「燕京餐廳」的倒閉，因她在燕京餐廳打過工，記憶深刻。哈佛燕京學社（The Harvard-Yenching Institute），也是燕京大學校長司徒雷登創辦的。這個研究機構以中美最負盛名的兩家大學貫名，其誕生確實有點巧合。美國鋁業大亨霍爾（Charles Martin Hall）在遺囑中聲明，遺產中一部分要用於中國文化研究，並且指定由一所美國大學和一所中國大學聯合組成一個機構來執行該項計劃。司徒雷登偶然得知，成功説服哈佛大學與燕京大學合作，於 1928 年春成立哈佛燕京學社，並設立燕京學社北平辦事處。

本書的「哈佛篇」，講的是小冰這個訪問學者家庭在二十多年前的見聞。而「人文篇」中的「豬耳朵能不能吃」、「美國的中國生肖郵票」、「包子 …… 外不見封口，裏面卻內容充實 …… 餡料是怎樣進去 …… 」，寫得趣味盎然，亦可窺見中美文化差異之大。

書中一趣事令人印象深刻：「南極有多個國家科考站，天寒地凍，缺乏娛樂生活，串門便成為各國科考隊員的一大樂趣。串來串去，你吃我的飯，我吃你的飯，吃來吃去，中國考察站成了大家最愛去的地方。為什麼？飯菜好吃，蹭飯唄！」這讓我聯繫到另一文章，哈佛課堂上導師作的精闢總結：「西餐讓人活著，中餐讓人活著並享受著。」

作為全球最重要的雙邊關係，這些年幾乎鬧得「中美關係沒關係」了，這是兩國人民都不願意見到的。中美之間如果「批量生產」類似小冰這樣的民間大使，雙方的外交官相遇即使臉色難看，民間交流仍可打得一片火熱。

李劍諸博士
《思考香港》執行總編輯
2023 年秋

自序

異鄉的奇風異俗總是不期而遇，有震撼的，就忍不住告訴人。2016年初，讀到一則北美新聞，哈佛校園四十年老店「燕京餐廳」關閉。我在燕京餐廳打過工，記憶深刻，遺憾極了。有人說了一句「你該寫下來」，我就寫了。之後將文稿投給《大公報》「大公園」版，嘗試在那裏發表，還真給發了，反響不錯。於是繼續寫，寫自己對美國的偏愛和種種觀察，成全了《美國散記》。

第一部分「哈佛篇」，講二十多年前，我們這個哈佛訪問學者家庭，在波士頓的生活見聞：「我們仨各幹各的事，先生做研究，丹曦上學，我則有意無意地先後做了三件值得感恩的事情」；也說十年前，身為哈佛學生家長的我，在丹曦畢業前半年，我去陪伴她時，用第三者的眼光，欣賞這所學校和那裏的中國留學生們。

第二部分「打工篇」，回憶上個世紀末，部分中國人在美國的生活；體驗「多勞多得」的分配機制；享受「小費盒子底朝天地往桌子上一扣，紙幣和銅板兒一股腦兒滿桌子滾」、「錢包開始充實起來」的滿足。

第三部分「採風篇」和第四部分「人文篇」，有些內容有關聯性。細心的讀者可能讀出，「採風篇」裏，不少題材著墨於美國人對自然生態的保護，如「低碳生活的先驅」、「大小濕地都保護」、「讓河水長流」等。不是有意而寫，而是好奇，因為直至上個世紀末，中國人普遍還沒有多少環保意識，加之兩個女兒長大後都熱心環保，有受她倆的影響。

「人文篇」關注中美兩國民眾的觀念差異。很多素材取自與喬治、海倫、Tricia 的相處：「豬耳朵能不能吃」、「美國的中國生肖郵票」、「按照美國人的習慣，她當眾打開紅包，驚訝地説 …… 」、「包子 …… 外不見封口，裏面卻內容充實 …… 餡料是怎樣進去 …… 」，等等。這些事，異文化的人搞不懂。還有喬治和海倫夫婦，兩個「對中國文化求知若渴，對中國文學充滿想像」的中國迷。

出版之前再次重讀文稿，發現早期文章的一些感悟，現在看就多餘了，因為網絡雞湯已經夠多，如果是現在，我最多把事情講出來，讓讀者自己思忖。儘管如此，還是儘量保持原貌。重讀自己的文章，文字與回憶的勾連有時令我興奮，興奮到要反覆回味才能解饞，直至能把那一篇背誦下來。

感謝《大公報》「大公園」發表拙文，從一位寫作愛好者到專欄作者，一寫就是八年，至今還在寫；更感謝讀者，他們持續的陪伴和支持，給我精神能量；也感謝先生重華的那句「你可以寫下來」，幾乎每次交稿之前，都讓他先瀏覽一遍，瀏覽之後他可能説「錯了一個字」，可能問「這條信息是否確定」；還有我的兩個女兒，丹曦為我提供素材，丹葉為我設計書面。

我並非專業寫作人，只寫了所見、所聽、所經歷的，眼裏的新視點，大多都關我的事。語言是個媒介，用它記錄過去，我相信，能記住的事都是有意義的。

自序，旨在方便讀者介入此書。

2023 年 8 月於香港

一　哈佛篇

圖 1 在獨立戰爭紀念地留影

圖 2 燕京學社 1993 年部分訪問學者

圖3 重華在燕京學社外

圖4 普利茅斯農莊裏

圖5 哈佛學生導遊這樣講解

圖6 2013年6月，與王蒙老師在香港城市大學重逢

圖7 Jerry（前排右二）和他的曲棍球隊隊友

圖8 持續教育學院課堂上，老師在前，筆者在後排右二

圖9 丹曦（左二）和老師們

圖10 筆者（左二）、丹曦（左一）與幾位中國留學生吃年夜飯

圖11 與Dr. Cline（左二）和她的兩位秘書合影

圖12 丹曦與她的畢業作品合影

圖13 董瑤、夏迪、筆者、丹曦（左至右）在埃爾文街五十二號門前

7

Harvard Gazette March 4, 1994

ESL Program Responds to a Growing Need for Services

(Continued from page 3)

admissions procedures. The growth may also reflect the program's reputation for excellent instruction and its reasonable cost. At $440 a term for four hours a week and $880 for eight hours, Harvard is less expensive than several other area programs, she said.

Another important factor is a comprehensive attempt on the part of the Division of Continuing Education to reach out to a wider constituency, she said.

That constituency has always been a broad one. The ESL program attracts students of all ages, representing, last year, some 70 nationalities. Some students enter

This summer, ESL will expand its eight-week Summer School program by joining forces with the Business School to provide English language classes for incoming students.

unable to speak much English at all; others want to brush up before entering college in this country; still others are professionals who need to read or write better as doctors, lawyers, or business people.

But ESL's newest student group is part-time workers funded by the Division of Continuing Education who would not oth-

Retirees Lend a Helping Hand

When Yachio Senga arrived in the United States from Japan after her husband was transferred here last year, she found Americans could not understand her English. She didn't know how to associate with her neighbors, give a party, or shop in stores.

But thanks to a volunteer program cosponsored by the Harvard Institute for Learning in Retirement (HILR) and the Program in English as a Second Language (ESL) in the Division of Continuing Education, those problems are well behind her.

Through the HILR/ESL program, Senga, 28, met Jackie Jacobs, a retired guidance counselor. Jacobs, the president of HILR, is one of some 30 retirees who converse with ESL students once a week. Not only did Jacobs help Senga with her English, but she helped "fill up the culture gap" Senga had felt for a long time.

In Jackie "I have a very good partner," Senga said.

Peer-led Classes

HILR offers retirees of any educational background the opportunity to teach and learn from one another in peer-led classes and other activities in the Continuing Education building at 51 Brattle St.

But about three years ago, HILR participants were looking for volunteer projects, said Carol Shedd, volunteer outreach coordinator for HILR and part-

Photo by Laura Wolf

Participants in the HILR/ESL program: (back row, left to right) Program Administrator Lilith Haynes, Jack Kushinsky (volunteer), Karla Korrodi (Mexico), Carol Shedd (director of outreach), Cem Colak (Turkey), Ruth Medalia (volunteer and member of the outreach committee); (front row, left to right) Xiao Bing (China), Yachio Senga (Japan), and Jackie Jacobs (volunteer and president of HILR).

do," said Shedd.

The sessions began on an informal basis with small conversation groups of ESL students, but it soon became evident that many ESL students needed help navigating in American society, and the

cheered me up a lot," Senga said. "She invited me to her home for dinner, and gave me a lot of good experiences."

Meeting New People

Senga said she was grateful for the

圖14 哈佛大學校報報道持續教育學院的課程，前排左一是筆者

圖15 丹曦和重華是父女，也是哈佛校友

圖16 畢業典禮入場式中，丹曦向我們招手

01 美國文明的搖籃

美國人尋根，大都去波士頓以南四十英里的普利茅斯（Plymouth），美洲文明從那裏開始。雖然美國歷史只有兩三百年，但是他們依然覺得非常古老，常有外州人前往那裏訪祖，就像華人尋根到西安祭拜黃帝陵，追溯五千年。

得益於哈佛燕京學社的安排，參觀了那艘揚名世界的「五月花」號帆船（Mayflower），以及「五月花」所在的普利茅斯農莊（Plimoth Plantation）。（圖 4）

普利茅斯是英國人來美洲的最初登陸地之一。1620 年，一百零二個英國人，包括部分追尋宗教自由的清教徒，乘「五月花」從英格蘭出發，經過六十六天的艱難航程，途中一人死亡，一孩誕生，到達普利茅斯。這是一艘改變美國歷史的船隻，原本定在紐約哈德遜河（Hudson River）入海口登陸，因天氣原因，最後靠岸普利茅斯。

那時的英國人所向無敵，走到哪，隨便給當地取一個英語名，就算英殖民地了。早期的到來者，以英國普利茅斯城命名靠岸的村子，以新英格蘭命名整個東北地區。這是繼維珍尼亞州詹姆士城（Jamestown）之後，英國人在美國的第二個永久定居點。雖然是第二，但由於教育、製造、金融、科技等方面領先全美，波士頓比詹姆士城的名氣更大。英國人的到來，很快獲得英皇室的殖民授權。從此，殖民者在這裏實現了一系列的創舉，如哈佛大學（時稱哈佛學院），1636 年成立的全美第一所大學。

感恩節源自這裏。新移民到來之初，受到疾病、飢餓和惡劣天氣的挑戰。困難之際，樸實善良的土著印第安人向他們出手相助，給他們食物，教他們怎樣種植農作物，怎樣抵禦嚴寒和疾病，怎樣用蔓越莓治療傷口和緩解疼痛。在當地人的幫助下，新移民渡過難關，並且在來年豐收了糧食。為感恩上帝，他們邀請當地人同慶豐收，感恩節由此出現並得以傳承。

舊的普利茅斯已經消失，現在所見的是民族文化村。村裏的工作人員打扮成四百年前的村民樣子，操濃濃的英國口音，穿清教徒服裝或水手服裝，他們種地、烤食物、做蠟燭、築籬笆、紡紗織布、用木柴燒壁爐，一邊幹活一邊給遊客講「他們」當年的生活，也大大方方的與參觀者合照。

「五月花」已經退出歷史，以複製品代之。站在這裏，仿佛自己正在經歷那個年代。

「你認識比爾·克林頓（Bill Clinton）嗎？」先生風趣地向一位「村民」提問。比爾·克林頓，四百年後的美國時任總統。

「克林頓？我們村裏沒有這樣一個人。」他回答得合情合理。

中午在農莊的餐廳吃飯，品味十七世紀朝聖者的飯食。飯前村長和村民為我們作餐前禱告，感恩上帝的救贖和恩賜，席間他們為我們服務。餐具、傢什、簡單的生活環境，是西式的也是古樸的，我什麼都好奇，一頓飯吃出了古意。

從孩子階段的提問「我從哪裏來」，到成年後的尋根旅行，這些行為說到底，是歸屬的問題。普利茅斯，美國人去那裏尋根。

02 快樂的哈佛廣場

哈佛廣場（Harvard Square）是一個三叉路口，是哈佛校園最大的地標，通過它進入哈佛院子（Harvard Yard）。周圍是一家書店、兩家銀行、兩三家餐廳、幾家紀念品店、路中央的報亭，以及地鐵站。沒有大型廣場的氣勢，更不能與北京天安門廣場比大小。

波士頓的緯度與哈爾濱相當，冬季寒冷而漫長。進入十月，除了溜冰，幾乎所有運動都在室內進行，一直到來年的五月，當寒冷過去暑熱未至，草坪開始變綠，樹木開始葱蘢，波士頓人便迫不及待地走出家門，走到廣場湊熱鬧。

哈佛廣場是聚集人氣的地方，特別是那裏的街頭表演。民間藝人在他們固定的地盤表演節目，魔術、雜耍、吉他、歌舞、幽默劇，以及世界各地別開生面的風情，秘魯的排簫、俄羅斯的歌舞、東南亞的音樂等。藝人的表演動機有兩種，一是換取觀眾的施捨，二是自娛自樂。不少人還頗具藝術家的水準和特色，能給觀眾帶來新的視覺，人們也樂意駐足玩一會兒，看一看，跟著舞一舞。

這些藝人已經不是缺衣少食一族，也不用風餐露宿。他們來自底層，卻非衣衫襤褸，瘦骨嶙峋。反之，他們慢節奏的生活方式，比起常年坐辦公室的白領，倒是多了親近大自然的機會，更易獲得健康的體態。

幾年前，一位常在那裏表演木偶的俄羅斯人去世，消息傳開，很多人去參加他的葬禮，當中包括不少哈佛師生。流浪者們賦予了廣場鮮活的氣息，給劍橋人以藝術享受，也留給路人更多的暢想。

哈佛廣場最大的事，是每年五月份的廣場展銷會。以哈佛廣場為中心，擴展至周邊街道。每到這一天，哈佛廣場人山人海，場面浩大，方圓幾百里的商家都來這裏賣東西、開畫廊、辦書展、出售小食品、表演節目。商展看似把整個波士頓地區的人都集中起來了，人人都能找到自己的樂趣。

2012 年哈佛廣場展銷會，我無意間碰上。那天走著逛著，便不肯離去。攤位連著攤位，貨品滿滿當當，吃的、用的、玩的，什麼都有。我撲朔迷離地看，不能說哪裏值得逛，哪裏不值得逛，而是都感興趣。在小吃街，能找到很多小地方名產，我努力尋覓家鄉的味道，就像當年在香港的街市尋找成都的糖油果子和三大炮那樣，可是始終沒有找到，最後在一家臺灣小吃攤前買了一個牛肉鍋貼（Pot sticker）。

有一個服裝攤，攤主看似是媽媽和兩位女兒。在她們的產品中，我發現一款上衣，三十五美金，比正規店便宜，決定下手。我把手伸進挎包，原來忘了帶錢包。

「我回家取錢，待會兒再來。」我說。

那個妹妹看看我，又看看媽媽，一副為難的樣子。女士也注意到了這個細節，思考片刻之後說：

「你先把衣服拿回去吧，過後付錢。」豈能如此做生意？三十五美金呢！難道買賣之意不在賺？我順勢說道：「好！」一會兒，我帶著錢包返回，絕不辜負母女仨的誠意。

03 無條件接受教育

那天哈佛燕京學社的秘書 Susan 女士，握著一張指南，敲響我先生辦公室的門：

「這是劍橋地區所有的公立小學名單，你們可以根據自己的情況，給孩子選擇一所。當然也可以自己另找私立學校。」初到波士頓，最讓我們放心不下的事，結果滿意解決了。丹曦該上小學二年級了，在國內轉一個學，光是想一想都煩心。

哈佛所在的劍橋地區，聚集了世界各地不少的學人、家屬和孩子，也催生了多語種的中學小學。各國學生可以選擇當地的全英語制學校，也可選擇英中學校、英日學校、英韓學校等。我們給丹曦選擇了 Martin Luther King School，一所紀念馬丁路德．金（Martin Luther King）的英中雙語學校。英語學習很重要，母語學習更重要，我們是這麼想的。報到那天，校務秘書讓我們填一份表，她說：

「在父母欄裏，你們可以寫上自己的工作單位和經濟情況，也可以不寫。寫與不寫，都不影響孩子上學的權利。」之後又補充：「我們歡迎住在劍橋的每一個孩子到學校上學。」這話，言下之意是任何一個適齡孩子，無論家庭情況如何，都得無條件接受教育。

學習是表揚多、批評少，甚至不怎麼批評，哪怕孩子的言行多麼幼稚，多麼匪夷所思。丹曦天性開朗活潑，話多愛問，初期的語言障礙沒有影響她與老師同學的正常交流，她的校園生活充滿陽光。

半期考試快到了，我們問她有什麼額外的課業需要準備，她說沒有。考試結束後問她考了些什麼，她說口試課上老師問她「美國的國旗圖案是怎樣的」、「國旗上的星星和條條代表什麼」、「美國的獨立日是哪一天」、「美國的第一任總統和現任總統是誰」等等。

據說高年級學生還要考美國歷史，例如殖民時期、獨立戰爭、獨立宣言、內戰，以及美國的憲法、權利法、公民職責。聽了女兒的講述，我們驚訝。

美國人也這麼愛國！要搞清楚自己是誰，搞清楚國家的基本大事。學校的老師們，有的在自己的課室裏掛美國國旗，有的根據學生的原有國籍，除了掛美國國旗，還掛中國、韓國、德國、法國國旗等，他們尊重並理解學生熱愛自己的國家。

美國的公民教育從小孩抓起，內在化的訓練。國民教育天經地義，在記憶力最好的小學階段，就讓孩子潛移默化，終身不忘。在這個民主自由的國度，差不多人人都愛國，個個敬畏法制，尊重政府，尊重自己國家的領導人。在美國的初級教育階段，國民教育佔了相當比例。

美國人敬佩那些熱愛自己國家的外國人，如果你對母國有情有義，以她為榮，他們會覺得是人之常情，還會認可你，尊重你。反之，你若對自己的國家出言不遜，一問三不知，就很看不起你。

04 學社聚餐

來自各個地方的人，你帶一個菜我帶一個菜，湊攏一起吃，這種事情在上個世紀末，光是想一想都愉快。「Pot luck」取意於「luck of the Pot」，也就是派對，意義不在吃而在社交。此活動源於十六世紀的英格蘭，後來傳到美國並大受追隨，至今也是美國民間極受歡迎的社交形式。

上個世紀九十年代初，哈佛燕京學社組織的聚餐活動，除了學者，還邀請其家屬和孩子們參加。每次我都不惜放棄半天打工掙錢的機會參加活動。每個家庭各帶一樣菜，學社也備有食物和飲料。

會議室裏，桌子擺成一個長方形，大人小孩圍桌而坐，每個座位都儘可能沒有視覺上的盲點。都是先生的上司、同事和家屬，中國大陸人、臺灣人、香港人、韓國人、新加坡人、越南人、日本人，東南亞各地幾乎都包括了。各地太太們的拿手菜都擺上，韓國泡菜、日本壽司、臺灣紅燒牛肉、越南酸辣湯、新加坡咖喱雞、香港蘿蔔糕以及中國的北方菜和南方菜，還有學社秘書 Susan 烹製的沙拉、三明治、紅湯、白湯。大家各取所喜，場面溫馨。

「我們準備什麼菜？」我問先生。

「要體現特色，麻婆豆腐、乾煸四季豆、魚香肉絲之類。兩道菜吧。」他羅列了幾道我的拿手菜，心裏有底了。

想搞得像川菜一點，又怕人家不吃辣，便象徵性地加一點點辣椒醬，添個色。即便如此，也令不少人欲試而不敢，特別是那些洋人。

「是不是很辣？」總是有人問。

「不辣哦！意思意思而已，嚐嚐吧。」我儘量輕鬆作答。

「真不愧是中國人。」一旦有人嚐了，就一定稱讚，還推薦給身邊人。

「應該是中國四川人。」如果是熟人，我會糾正。聽了稱讚，心裏喜滋滋的，估計臉上的表情也不錯。

有時聚會在學社副社長 Baker 先生家裏舉辦，他主廚，在後院搞波士頓大龍蝦燒烤。波士頓大龍蝦，對於那時的中國人，太奢侈了！美國人的家巨大！大大的庭院、寬敞的廚房、客廳、早餐廳、晚餐廳，以及家人活動室。他們房間分工明確，不像我們住在香港，客廳、早餐廳、晚餐廳、家人活動室一體化，一個家如果上百平方米，已算超大。

先生們端著酒杯，三三兩兩地站著坐著，一起談學術，講觀點，討論尚未搞明白的問題；太太們在一起聊生活，聊孩子，分享新環境裏的新鮮事。太太們大都修養好，打扮得體而不艷麗，為人大方而有分寸。就算是第一次打交道，就算是用女人的眼光看女人，挑剔之中，我仍然能看出她們人性中的真善美，完全有別於過去我對發達地區女性的偏見。一次生，二次熟，慢慢地大家成了朋友。

這裏是學術和生活的雙向交流平臺，每參加一次活動，朋友圈就加大一個碼。初期，中國學者家庭都買不起車，我們要徒步去超市，背著提著，將一個禮拜的食物弄回家。打從有了臺灣朋友、香港朋友、韓國朋友，每到週末，總有人邀請我們搭車去買菜。

05 聖地與豪宅

「一路、兩校、龍蝦」，是對哈佛和麻省理工所在地的概括。一路，美國自由之路；兩校，哈佛大學和麻省理工學院；龍蝦，波士頓特產大龍蝦。

波士頓的初秋，遍地金黃，城內城外都是紅楓。第一個秋季就有機會郊遊，參觀列克星頓（Lexington），即美國獨立戰爭發祥地，以及羅德島州的大理石屋（The Marble House）。

說起革命聖地，打個比方，中國人會想到延安和井岡山，而美國人會想到列克星頓。波士頓是歐洲人最早登陸美洲大陸的地方，是美國最古老、最具有歷史文化意義的地區之一。地處東海岸麻薩諸塞州的波士頓，小鎮列克星頓在市區的西郊，我們在世界歷史課上學過的「列克星頓的槍聲」，就是在那裏打響的。槍聲是事件的代名詞，指美國獨立戰爭的爆發。

那場起於 1775 年，長達八年的戰爭，最終以美國獨立，英國在北美殖民統治的結束告終。八年，很好記，我能聯想到中國人的八年抗戰！列克星頓，美國人把那裏看作獨立自由的象徵，「美國自由的搖籃」，在那裏，有獨立戰爭紀念碑供人們瞻仰。

碑座上，有一位列克星頓的武裝民兵塑像，頭戴草帽，英姿颯爽，手握長步槍。碑下刻有銘文，中文意思大體是：「堅守陣地。在敵人沒有開槍射擊以前，不要先開槍；但是，如果敵人硬要把戰爭強加在我們頭上，那麼，就讓戰爭從這兒開始吧！」記得當時站立在那座雕塑前，我想起了中國的南昌，想起那句「南昌起義一聲槍響」；也仿佛聽到那段銘文，想起中國的「人不犯我，我不犯人；人若犯我……」；還有中學語文課本上關於革命戰爭的文章。看來各國人民都用同樣的手法來描述正義，描述自己國家爭取民族解放的行為。

羅德島一帶，雲集了美國歷史上一些風雲人物的豪宅，大理石屋是較為典型的一個，很開眼界。

大理石屋是美國蒸汽船和鐵路大亨范德堡（Vanderbilt）家族的夏日度假別墅。據説范家的財富，曾一度超過整個美國的財富。裏裏外外盡顯奢華，採用大理石建造，造價為一千一百萬美金，其中七百萬用來購買五十萬個方形大理石，在當時是「美國歷史上最奢華的建築」。

竣工後，范德堡先生將整座別墅作為生日禮物，送給他當時三十九歲的妻子 Alva，遺憾的是，後來范德堡與 Alva 離婚了。范德堡去世後，Alva 重新開放大理石屋，並在海邊的山崖上建起一個中國茶館，經常在那裏舉辦有關婦女權利的集會。後來，大理石屋作為博物館，開放予公眾參觀。

那是改革開放初期，初到美國的中國人首先忙生計，參觀遊覽這些事，一時半時還顧不上。得益於哈佛燕京學社的安排，我們一開始就有機會參觀和郊遊。波士頓十月的郊外真美，山川、峽谷、房舍、湖邊，目之所及，盡是深深淺淺的紅色和黃色。

06 學生導遊旅行團

哈佛學生的義工活動之一是當導遊，每天組織一個校園觀光團，參團者不拘身分，誰都可以報名。它不像正規旅行團那樣忙著踩點，也不像自由行遊客那樣憑地圖引路。跟著義工走，路過「進來獲取知識」、「出去服務社會」的哈佛門；走近約翰·哈佛（John Harvard）的銅像，聆聽他與哈佛的關係；到古老的「哈佛院子」挑逗跳來跳去的松鼠。不時有師生低調而優雅地與你擦肩而過，步伐匆匆。

打工和做義工，是美國學生的必然活動。通過打工獲取勞動報酬，體驗賺錢的辛苦，享受勞動成果；做義工服務社會，不求回報，樹立責任感和奉獻精神。

導遊的工作服，是標誌性的哈佛紅 T 恤或者外套，有的導遊還戴草帽看似牛仔。講解時他們面向遊客，退著步子走路，介紹哈佛的歷史、校長和著名科學家們的事跡，詼諧、幽默，常常引得遊客開懷大笑。

觀光團團員的結構也有別於普通旅行團，它不像歐洲團、亞洲團、非洲團，什麼人種都可能有，膚色不同，語言不同，來自世界各地。

沒有一道校門寫著「哈佛大學」，所有的校門四季常開，沒有門衛把守，無須出示證件。不知不覺地進去，又不知不覺地出來。正如香港的大學校門一樣，正常情況下，慕名而來的遊客和學子可以自由進出。這也讓人想到有些地方，校門終年有鐵馬攔著，有穿制服的人守著，儼然不可一世，一度還有名校收取門票，說是以此限制參觀校園的人數。

在哈佛銅像前，一位義工導遊說，約翰·哈佛當年捐出自己財產的一半，約七百八十英鎊和約四百本圖書給學校。為了紀念他，學校將校名改為「哈佛學院」，即現在的哈佛大學。哈佛雕像已成為哈佛人的精神象徵：奮進、自信、博大。在銅像前，義工請遊客摸摸哈佛的腳，不知道是真的還是假的，說是摸了哈佛的腳，學業成就會步步高升。遊客們都不自覺地摸一摸，沾沾靈氣。

遊客們極有興趣與導遊交流，也渴望與匆匆而過的學生說說話。他們會彬彬有禮地找話題：

「請幫我照一張相，好嗎？」

「好耶！」

「同學，請問你讀幾年級了？」

「請問你是哪個專業的？」

「你來自哪個國家？是本科生還是研究生？」

「你們的學業非常繁重嗎？」

一連串的問題，常常使學生接應不暇。哈佛學生普遍謙和，樂意回答問題，回答完畢，送上一句「祝您玩得開心」或「謝謝您喜歡哈佛」。看著那些天之驕子，望著高臺上的哈佛銅像，摸著鋥亮的哈佛腳，大概有人會想「我長大了也要上哈佛」，又或者「讓子孫們來實現夢想吧！」

這裏順便幫義工做個宣傳，只需在電腦上滑動一下鼠標，輕

輕敲出「哈佛校園免費遊」，就詳情盡知。試一下！讓哈佛學生帶著你，如此這般地遊校園。(圖 5)

07 裸奔傳統

每次大考之前，哈佛大學學生會都舉辦活動為同學們減壓。正如社會學家關注形態，政治學家講究治理，生態學家倡導和諧——學生會關注同學們的身心健康。

裸奔傳統，源於1960年開始的「原始的尖叫」（Primal Scream）。考試前一個晚上，校園氣氛緊張，學生們打開宿舍窗戶，面對空中尖叫一陣。到了1990年，學生會乾脆把尖叫改為裸奔。裸奔在哈佛不被看作大驚小怪的事，一劑藥方罷了，在學生會的主持下，目的很明確，減壓。

學生們個個都不笨，一路走來，過關斬將，從小學到中學，從中學到大學，研究生、博士生，考高分是正常的，不考高分才不正常，每個階段都是同齡人中的仰慕者、佼佼者。但是面對哈佛的每一次考試和交作品，即便十分聰明，心理壓力也是空前的。

丹曦從來不對我們說她學業上的壓力，但是她的室友一然說過：「阿姨，我們光是寫，也要寫那麼久呀！還別說內容要建立在思考成熟、符合邏輯的基礎上。」

裸奔在大考前一天凌晨零時舉行，無須報名，自願參加。話雖這麼說，每次參跑的也就百把號人而已，且多為Junior，即本科一年級新生。參跑者男生多，女生少，歐美學生多，亞洲學生少。女參賽者還要戴面具，穿胸罩和三角內褲。聽孩子們說，她們所在的設計學院Harvard GSD都是研究生，參加的不多。

波士頓的緯度與哈爾濱相當，冷極了，聖誕節前夕的夜晚，氣溫低至攝氏零下二三十度。比賽開始之前，裸奔者裹著長大衣，從午夜的雪地走來，來到哈佛院子，就是那個有哈佛銅像的院子。哈佛院子是哈佛大學的地標之一，古老而寧靜，平日裏，來往的人們都衣冠楚楚。

開跑前，學生軍樂隊的樂師們身穿制服入場，一路誇張地演奏進行曲，指揮官賣力地指揮樂隊，助威者和參觀者尖聲尖氣地叫喊、吹口哨。當零點一到，哨聲突然響起，裸奔者們甩去大衣衝出去，圍著哈佛院子裸奔三圈，撒野似的，一邊跑一邊叫喊。那是激動人心的一刻，無論是裸奔者、助威者，還是站在遠處的亞洲女生，都得到了徹底放鬆。加上寒風料峭，學生們頓感新鮮興奮，換了一個心情，壓力似乎真的給釋放了。

活動看似不易為東亞學生接受，特別是中國留學生。中國傳統文化裏，人們談「裸」色變，參加活動的中國學生少之又少。

對於這個活動，一然這樣和我聊：

「我雖然不去裸奔，可是我支持同學們的行為。我贊成一個說法:『連當眾裸奔都不怕了，還怕什麼考試;連身體都不受約束了，思維還有什麼束縛！』」她說完，丹曦予以補充：

「考就考吧，總得面對。」

能聽出考試在他們心中的分量。一次次的考試他們必須面對；一道道的坎他們必須走過。

08 與王蒙夫婦「同學」

英語，還別說，無論你在國內掌握了多大的詞匯量，無論同胞怎樣誇你發音好，初到波士頓的中國人，或多或少都會遇到尷尬情況。當地人說話之快，吞音之多，絕對打擊你學習的積極性。「他們說的是英語嗎？」下飛機的當天我這樣悶聲自問。

我希望多打工，外子希望我多去英語課堂。他說哈佛燕京學社花錢請導師為學者和家屬開設了口語課，如果不抓住機會，就對不起人，更對不起自己。

開課了，十幾個人圍著一張長方形的條桌而坐，簡直不像我們傳統中的課堂。

「看對面那一排，前面第三個是誰？」上課前，外子悄聲問。

「誰？」

「王蒙，中國前文化部部長，旁邊是他太太。」

「他們也在這裏？」我好生驚喜。

「來哈佛做短期訪問，他是大文人，總是有人請。」

課堂非常隨意，導師要求大家隨時提問，舉不舉手都不要緊。話是這麼說，初來乍到，大家還是略帶謹慎，一來想試試水深，看看他人的英語水平有幾斤幾兩，二來名人在場，悠著點比較恰當。

導師第一次提問，問我們有什麼問題。眾人你看看我，我看看你，最後把目光聚焦在王蒙身上。王老師夫婦是班裏最年長的，也是最活潑的。一個話題只要他開了頭，氛圍就會活躍，大家就可以一直說下去。那時他的口語還不算很流利，但是表達清楚，語氣親切，有點像家中長者或者鄰里阿伯。

每次聽王老師發言，我們都饒有興趣，打瞌睡的會醒，開小差的會打住。有一次導師讓大家談談人生中一段有趣的經歷。王蒙老師講他們全家在新疆伊犁時的情況，說他們在那裏勞動、學習、生活，學維吾爾語，品異域風光，日子過得很有滋味，把看似「別無選擇」的日子，過得充實快樂，而且收穫頗豐，為他後來的寫作提供了扎實的素材。王蒙老師在那裏經風雨見世面，把一盤死棋下成了大有可為的活棋，在他看來，無味的青春還不如磨難的青春更值得一活。他懷念並感謝那段生活。

在另一次分組討論中，導師讓大家就「人生最合理的壽命應該是多長」發表看法。有人說八九十歲挺好，有人說一百歲才算圓滿。有一位男士三四十歲，一臉的陰沉，他說：

「八九十歲，太漫長了；六十來歲，足矣。」

「明天如何？」導師幽默地反問，那人尷尬極了。當時，有人含蓄而笑，有人忍不住笑出聲，而王蒙老師卻是一臉的慈祥，他凝視那位男士好一陣子，像一位慈祥的長輩希望晚輩走出困境。

再次見到王蒙老師，是二十年後的 2013 年 4 月 10 日。那天在香港城市大學，他和作家白先勇先生，在「香港作家聯會成立二十五週年」的慶典上，對談「全球化下華文文學的地位」。談話精彩極了，講座結束後我們去見他，大家非常高興，當聊起當年的人和事時，仿佛都年輕了二十歲。(圖 6)

09 從生肖説起

2012 年是龍年，一天外出乘搭一輛巴士時，聽見車上有男人説：

「中國有一種動物，叫龍，聽説是一種很兇猛的動物，長得像蛇。」話者像是在告訴身旁的一位女乘客，又像是自言自語。我很羨慕老美的這個本事，即便是陌生人，湊在一起也可以聊上一陣子。

他提這個話題，許是因為見到我這個剛上車的亞洲人？許是剛剛在中餐廳吃飯用過一張帶生肖的餐巾紙？他對龍的解釋，未免太過牽強，嚴肅地説，是違背了事實，無論是否因我而起，都很難不讓人作出反應。

「其實不是這樣的，『龍』是中國人想像中的一種動物，是中華民族的圖騰，是中國人心中吉祥的象徵。」我説。

「是嗎？天哪！原來如此！」他好像很感興趣似的。

「我們把優秀的品德和對美好生活的嚮往，集中到龍的身上。」我補充道。

從他們茫然的表情我明白，我這樣説，等於對牛彈琴，他們根本聽不懂。於是我換了一個方式説話，問他們是否知道中國的功夫高手李小龍（Bruce Lee）。

「太知道了！」説起李小龍，那位先生上了興頭，他眉飛色舞地説：「那是一個了不起的男人。」

「這就對了，李小龍希望自己品行優良、聰明、勇敢，像個中國男人，所以用了藝名 A Little Dragon，他想活得像一條『龍』。」這麼解釋他們懂了。

旁邊那個女人似是印度人，她聊當天的天氣怎麼樣，窗外的景色怎麼樣，波士頓最近的頭號新聞是什麼。一會兒，那先生再次把話題拉到中國。我問他們：

「看來你們對中國感興趣？」

「太感興趣了。」男士說。他以中國的發展速度為線索，滔滔不絕地用了「驚訝」、「超速」、「難以讓人置信」之類的形容詞。

「聽說，假如一個離開家鄉的中國人，兩三年之後回家，可能就找不到回家的路了。變化非常大。」他又說，對最初的內容予以補充。

「是的，一點都不假，我家鄉的那座城市就是這樣。」我告訴他。

「你們是不是覺得日子一天比一天好過？」

「是的，沒什麼危機感。」

他倆把中國捧得很高，奉承，原本是老美的社交習慣，順手拈來，脱口而出。但是那天他們是真誠的，沒有誇張，提到的事情也都屬實。尊重事實吧，我想，如果就中國的發展速度跟他們謙虛，套一句四川話，叫「假打」。

交談中知道，那名女士是美籍印度人，她說：

「印度的變化也很大。上一次，我時隔九年回去，如果不是家人接我，我根本無法找到回家的路。」

「當然，印度的發展也是驚人的。」他們相互奉承。

中國的十二生肖文化在美國深入人心，美國人對這一知識的獲取，大多源自在中餐廳吃飯的經歷。餐巾紙上印著當年的生肖，屬於哪一種動物，在十二個生肖中排行第幾。一邊吃一邊看，將自己的出生年份對號入座，屬相的來龍去脈，就知曉了七八成。

10 在暴風雨中成長

「為小孩深根，給大孩翅膀」，是一句印度諺語，說孩子年少時要讓其懂得吃苦耐勞，大了才能展翅高飛，獨立自主。

看著被大雨淋得像落湯雞似的 Jerry，我想起了這話。Jerry 是朋友周海蓉的兒子，當年與海蓉認識時，她和先生還是留學生，轉眼她的女兒已亭亭玉立，兒子已矯健陽剛，加上海蓉父母從成都來美同住，好大一家子人，熱鬧！

來她家過年，放下行囊，先到處看看，之後海蓉說：

「我們一起去接 Jerry 吧，他還在學校踢球，趕不上校車了。」

「太好了！就想見識一下美國的中學。」丹曦說，她幼年在波士頓上過小學，但是不瞭解美國的中學。

沿小河而上，半小時的車程，兩旁樹林如織，風光如畫。海蓉一邊開車一邊聊兒子的學校：

「美國的中學，除了學數理和文史地理，還特別重視訓練學生的社會責任感和自我生存能力。學生根據自己的取向，每週安排固定時間，到殘疾人康復中心、老人院、社區圖書館、幼稚園等場所做義工。

「教育部門對學生做義工的時間有明確要求，比如要有六十個小時的義工紀錄。義工紀錄寫進申請大學的申請表裏，校方錄取時要看各科成績，以及參與社會活動的表現，做過什麼義工，做了多少小時。」

聊著聊著就到了。學校在波士頓郊外，中學小學在一起。五百多名學生，有三個足球場和多個籃球場、網球場、棒球場等。學校挺捨得在運動設施上投放資源！

足球訓練還在進行，七八個男孩，十二三歲，兩個教練是家長。

「教練是義工。」海蓉道。

「運動項目多，學生各選所好，每天至少一兩個小時的運動時間。家長們根據自己所長義務當教練，找不到教練的項目，才從校外聘請。」

一會兒烏雲襲來，天空驟然昏天黑地，大雨傾盆，我們躲進車裏。雨水越來越猛，傾瀉如注地打在汽車玻璃上，但是訓練仍在進行。

「不躲躲雨？」我問。

「不到時間是不會叫停的。」海蓉說。

「不怕家長投訴？」不躲雨，若在我生長的環境，沒有投訴才怪，老師和教練絕對不敢。

「怎麼會！」海蓉回說。

一會兒，雨停了，陽光重新照耀，訓練時間也到了。Jerry 濕漉漉地跑過來，滿臉的興奮。「上車，沒事兒，回家洗個澡就好了。」兒子快樂，海蓉滿臉的歡喜。

曾經，我們的孩子也情趣多多。男孩子打陀螺，滾鐵環，爬樹找鳥蛋，下田捉泥鰍，弄丟鞋子，刮破腿；女孩子抓子，跳房，踢毽子，跳皮筋，搬弄一點是非，嘰嘰喳喳說點小話。所有這些，都是成長中的一部分，在摔打中學會擔當，在玩耍中學會謙讓，在成長中學會做人，在跌倒之後學會自己爬起來。

是誰剝奪了孩子們的這些福氣？被照顧，被保護，不能冷，不能餓，不能解決生活中的區區小事。有的學校怕出事故，連上體育課都不發運動器材。

孩子終將成人，要自食其力，要孝敬父母肩負責任，他們怎麼承擔？(圖 7)

11　情懷的表達

一個中國女人，一個美國女人，兩個女人在一起，各自用各自的思維方式說話。美國女人 Tricia，二十多年前，我和她有過如下這段對話：

「波士頓地區的中國人越來越多了。」大街上與 Tricia 走在一起，她說。

「是的，我是他們當中的一員。」我回應。

「有的都成為移民了，十年二十年之後，可能會更多！」她繼續道。

「二十年之後的中國，情況怎麼樣，難說呢！」我脫口而出，絕沒有帶觀點什麼的。

「一定更加進步了吧，不過我們美國也在進步。」她也是無意的。

「我們都要更加努力才行。」她補充道，若有所思地。

「這些年中國的速度很快，不是嗎？」

美國女人說話很能包容對方，當時的交談給我遐想，基於中國的發展速度，GDP 一年超英，二年超法，三年超德，四年超日，二十年後到美國讀書的中國學生，也許不再像他們的前輩那樣辛苦了。

人一旦出了國，久而久之，新鮮感慢慢消失，好奇心逐漸淡薄，轉而家國情懷逐漸加深，會思念起故鄉和親人來。那是一種擋不住的思念，感情與日俱增，到了一定程度，就變成了鄉愁。

那是1993年一個冬日的週末，我們駕車到另一所常春藤大學威爾斯利女子學院看看，那是宋氏三姐妹中，宋美齡就讀的學校。一路下好大的雪，車外很冷，車內暖和，從國內帶去的音樂磁帶一路播放著。當聽到馬思聰的小提琴思鄉曲時，眼睛一下子充滿淚水，流了出來。說來奇怪，當時只有淚水沒有抽泣，不停地流，止不住。

想家了。思鄉的情懷不是說出來的，也不一定有什麼行動，它只是一種潛意識。國家有地區之分，人種有膚色之別，對於親情和故鄉，無論是貧窮還是富貴，卑賤還是體面，都是與生俱來、無法迴避的。

之前提到的普利茅斯尋根、列克星頓瞻仰，就是美國人熱愛本民族的表現；當然他們熱衷園藝，愛護公物，尊重他人，幫助弱者，以及去博物館瞭解美國歷史，並以此為驕傲，也屬於同一情感的表達。更多的例子還有，韓國人吃泡菜，馬來人吃咖喱，英國人尊敬皇室等，也是認同親情、傳承民族精神的表現。

中國人的民族情懷，是根據不同的年代，以不同的方式體現出來的。1949年以前，為了民族的自由和解放，中國人動輒就要為國捐軀，不當漢奸，不叛變革命，面對酷刑拷打不屈不撓。而在和平年代，就我所知，只需要遵紀守法、忠於職守、見義勇為、文明禮貌、尊師重教、孝敬長輩和熱愛家鄉，如此，就算是一個合格的中國公民了。

身居異鄉，人的民族情懷來得特別間接，甚至間接到堅持講母語、閱讀本國名著、尊重同胞、傳承家鄉風俗等。此外，穿唐裝、吃中餐、向身邊人講述中國文化，也能表現對本民族的熱愛。

12 人人的哈佛

如果你以為，哈佛大學只從事精英教育、培養高端人才，又或者，認為自己不夠精英、不夠資格到哈佛讀書，那就錯了。哈佛持續教育學院（Harvard Extension School），能給每一個有哈佛夢的人圓夢。

他們從未將教育限制在精英群體，也從未因大眾教育而影響精英教育。學歷教育與非學歷教育相結合，開設高級研修課程，也提供大眾化實用課程。精英們來獲取知識、學歷和學位；普羅大眾來開闊眼界，獲得結業證書。有這一模式，我才能在 1993 年報讀哈佛持續教育學院的中高級英語課程。

我們那個班真是有意思。十來號人裏面，有俄羅斯芭蕾舞演員、墨西哥商人、菲律賓華裔、日本學者家屬、西班牙旅行家，加上我一個中國學者家屬。人不多，卻膚色各異，人種各異，習俗各異。正因為這個特色，哈佛大學校報 *Harvard University Gazette* 在 1994 年 3 月 4 日刊登了對我們班的採訪，附有一張有我在內的課堂討論圖片，我榮幸至極。

母語的感染力極強，不同國家的人湊在一起，就算都說英語，也各有各的腔調。母語腔影響人的第二語言、第三語言，就像香港人說普通話自帶粵腔，又像北方人說粵語自帶京腔。用一個學術詞匯，這叫「語言融合」現象，即說話人的語音、語調、詞匯、語法，聽起來你中有我，我中有你。

課堂趣味橫生，互動性極強。當老師用他那標準而動聽的美式英語講得正好時，可能突然有人插話，説一段帶顫音的，或者連輔音都不完整的英語。每逢此時，同學們會齊刷刷地把目光聚焦過去，好奇地猜，猜他或她來自哪個國家。於是幾堂課下來，我們心中便有了一把尺子，知道哪種母語的人在講英語時有什麼特色，會出現什麼語音毛病。

課堂上數討論時段最輕鬆。你若與俄羅斯同學搭檔，能感到她的舌頭在口腔後面打滾，想起電影《列寧在十月》（*Lenin in October*）；你若與日本同學搭檔，會覺得他像三浦友和的學生，口腔器官硬邦邦的，沒有拼音文字的流暢性和音樂感。於是比來比去，我便有點自以為是，常常在心裏嘀咕，還是中國人的英語講得稍好點。不知道他們怎麼想，或許都以為自己的發音比他人強一點。都是交錢來學習的，學費不便宜，我們很珍惜學習機會。

那天的半期考試，有點像一次國際聯誼會。大家一人帶一樣食物分享之，一邊吃一邊聊。老師給每人十分鐘，自選題目，介紹自己國家與美國在某個方面的差異。我講中餐與西餐的差異。

「中餐與西餐最大的差別是，吃西餐的人把一日三餐當任務完成，補充能量、滿足身體所需，例如，幾乎每天都吃的三文治或漢堡包，簡單到只需把麵包、菜葉、火腿混合而食，一邊幹活一邊吃，食而不知其味。」之後我介紹中餐：

「中餐就講究多了，你得從原料著手，摘、洗、調料、刀工、火工，樣樣齊備之後才是煎炸、炒煸、紅燒、燉煮、涼拌等。中餐做工精巧，滿足視覺的同時，也顧及口舌和腸胃的享受過程。」

聽了我的發言，老師作出精闢的結論：「西餐讓人活著，中餐讓人活著並享受著。」（圖 8 及圖 14）

13　考核制度

美國學生的考核成績用字母來評定，從 A 至 E，A 最好。從小學到大學再到研究生，學生的學業壓力隨著年歲的增長而增長，小學生玩好，中學生加點碼，到了大學和研究生才算最苦。

成績由兩個部分組成，期末考試成績和平時學習成績。平時學習成績包括上課回答問題、討論發言、完成作業情況等，這是一個不可輕視的部分，要求學生均衡地學習，收穫知識於無形之中。

等級制有別於中國大陸的百分制，也有別於一錘定音的中國高考。「苦過這陣子就好了」，用於中國高考前夕的備戰階段，考上大學就好了。我們用百分制，美國用等級制，美國學生越讀越苦，我們是「苦過這陣子就好了」。

美國的升學成績 SAT（Scholastic Aptitude Test），從 2,200 分至 2,400 分都是 A，兩者之間是等質的。於是，假如一個 2,200 分的考生在做義工、特長、社交，以及對集體和社會的貢獻更突出，就會出現錄取 2,200 分的考生，放棄 2,400 分的考生的情況。

如此這般，用中國人的百分制來衡量，你就會覺得很不正常。而用他們的等級制來解釋，又覺得沒有錯。他們綜合評定學生的智力、潛能、人品、愛心、領導才幹、個人特色等，認為綜合成績優秀的學生具有潛力，是可塑之才。

哈佛設計學院的學生，每學期至少要學五門功課。學校嚴格地評定每一位學生的學習質量，成績分五個等級，優、良、及格、勉強及格、不及格。假如有一門功課不及格，會載入四個劣等紀錄；假如一門功課勉強及格，會載入兩個劣等紀錄。當劣等紀錄達到十二個，就不給畢業。

學生的成績是不公佈的，由校方單獨通知學生本人，直接用信件寄到學生住處。這樣做的好處是：一，讓學生掌握自己的學習進度；二，促使你拚命學習；三，營造同學之間的和諧氛圍。

偶爾聽見孩子們聊天，誰又收到學院的通知了，告知某一門功課處於什麼狀態。對於學習，他們似乎很看得開，能坦誠面對。哈佛的成績評核，很難讓學生蒙混過關，更沒有「通融」之說。每當考試來臨，校園一片靜寂，很少有人外出。從大家的表情能看出，暴風雨就要來臨！

「一個哈佛學生，在晚上十二點之前睡覺，太奢侈了。」針對我的嘮叨，丹曦如此說過。校園是一座不夜城，深夜兩三點睡覺才算正常。他們不是天才，只是付出更多努力的凡人。進哈佛難，從哈佛畢業更難。

新疆女孩一然說：「初到哈佛時，還沉浸在成功實現哈佛夢的興奮中，一旦進入基礎學習，就開始玩命。第一學期令人學而生畏，每天學習十七八個小時，到淩晨兩三點睡一會兒，又去趕早上八點半的課。比起土生土長的美國同學，來自非英語圈的中國同學，難度更大。

「緊張的高峰在第一學期的期中考試前夕。此時，懷疑自己的學習能力不足、堅持不下去。考試、學習報告、設計圖紙，要在Deadline 到來之前上交，不吃不喝不睡，也要趕出來。」（圖 12）

14 中國研究生一瞥

同事叫我寫一點關於丹曦在哈佛讀書時的情況。「丹曦，我看慣了，說不上優秀與否。」我說。我僅以長輩的身分、旁觀者的姿態、感興趣的目光，告訴她一些關於丹曦和設計學院的中國研究生們的情況。

第一次去波士頓是陪先生；十多年後重訪那裏，是看望在哈佛讀書的丹曦，陪她小住一陣子。

那是一棟三層樓的洋房，一樓住著一戶美國人家，二樓是丹曦和她的三位中國同學，三樓是四位美國同學。一年級的丹曦住學生宿舍，二年級便和幾位同學租房住，說這樣既省錢又自在。

美國的房子大大的，他們各有自己的獨立臥室，共用廚房、客廳、兩個衛生間。她的房間十五六個平方米。初到，在我抬腳進門之前，她說：

「媽媽，我今天尚未來得及整理房間，但是無論如何，我進去之前是要換鞋的呢！」我站在門口，掃視一下室外，最後把目光落在室內。

「哦！我看換不換鞋都差不離，哪裏更乾淨？有區別嗎？」

「別諷刺了呀！這兩天真的太忙。」她聽出了我的意思。

我能諒解她沒有收拾房間，也能想像其他三位同學的房間狀況。我想，兩三天下來，要向你們展示一個有長輩的公寓面貌。

前面提過，哈佛錄取新生，除了看學業成績，還要看領導才能、個人魅力、社會奉獻精神等。知道有阿姨到來，其他三位同學當晚都儘早回「家」。相識之後，我們聊起天兒來，我說：

「能來哈佛讀書，你們真是好樣的！」我真沒有奉承之意。

「阿姨，我是招生的老師搞錯了，才錄取來的。」叫一然的女孩兒笑瞇瞇地回我道，聲音好甜，她來自新疆。

「怎麼這樣想？」我不滿意她的說法。

「我也是老師搞錯了，才錄取的。」另有同學附和道，她們慢悠悠地解釋，給自己的說法找理由：

「剛到哈佛時，我真的懷疑自己是給搞錯了姓名、分數、編號，陰差陽錯地錄取的。」

他們用中國式的謙卑說話，這一精神沒有在他們身上「Out」掉，瞬間大家拉近了距離。另一女孩道：

「直到有一天聽老師說『哈佛看重每位同學身上的特質和潛能』，我才有了自信。」如此自圓其說，也真夠得體的。第二天，一然出門之前對我說：

「阿姨，您若需要什麼東西，就到我的房間去找，隨便進出。」其他同學也這樣說。隨便說說吧，自己的房間，怎麼可以給人隨便進出，我想。直到我搞衛生時才發現，每個房門都沒上鎖。

「你們在生活中也學哈佛『門常開』？」我問丹曦。

「沒什麼好鎖的呀！誰想用什麼，進出方便吧！大門鎖了就好。」

「就沒有一點隱私？」

「信用卡隨身，隱私在腦子裏。」

在海外讀書的學生，似乎都不在意房門關與不關。一年之後小女兒 Joy 去港大讀本科，我發現港大的學生亦如此，一層樓十幾個房間，都不鎖門。

「為什麼不鎖？」

「樓下有阿姨把關大門。再說，誰要這些生活用品呀！」

丹曦和同學們敞開的門，方便了我進出做清潔。裏裏外外，幾天下來公寓換了面貌。

15　做父母要少操心

前面的篇幅刊出後，有人在評論欄對我說「其實孩子遠比你想像的堅強」。精闢！

同住一套公寓，丹曦和室友們卻是難得相見，大家作息各異。你在一年級，我在二年級，你學城市規劃，我學建築設計。偶爾在電話裏互通一下情況，你在圖書館查資料，我在工作室趕圖紙，她在往課堂的路上。忙歸忙，但是快樂著，享受著，同學關係友善。

不像以往的我們，他們不少人在出國前已經走南闖北，多次出國，玩過不少的山水，熟悉外面的世界。信息化時代，東方人西方人的生活日趨一體化，中國同學和美國同學一樣用智能手機，喝星巴克，網購，唱同樣的流行歌曲，穿同樣品牌的運動服，除了人種，什麼都一樣。單看表面，已經很難在他們身上找到老一輩中國留學生的本土氣息，他們不再像父輩那樣孤獨和捉襟見肘。

中國留學生的經濟狀況，看似好過美國學生。不是因為經濟有差異，差異在於觀念。有的美國同學，要靠之前工作時積攢的錢供養自己讀書。小賴說「學習雖然繁忙，但是我們沒有經濟之憂」。

公寓生活簡單而快樂。每間房的房門上貼得花花綠綠，有簡單的自我介紹，顯示主人的性格；有大大小小的海報，提醒自己不要忘記某一天的某個活動。個個都有特色有故事，與他們一起生活，長見識。

他們適應中式生活，也適應美式生活。沒有轉彎抹角的苛求，麵包加牛奶的西式早餐很方便，再一邊梳洗一邊煮個雞蛋。午餐在學校吃，買速食或自備中式飯盒。晚餐時分如果碰在一起，共享廚藝和食物，又或者，如果時間恰到好處，乾脆把彼此的飯煮在一起，把各自的菜擺在一起，大家一起吃。收拾完畢，聊兩句又回屋各就各位。

哈佛人幹活的速度令人驚訝。有一次我和丹曦説話，無意間發現，她竟然是一邊敲擊電腦一邊和我説話，湊過去看她的電腦屏幕，上面的內容與對話一點關係都沒有。

我還計算過一然從打米到洗碗的時間，總共四十三分鐘。如果不是親眼所見，你敢相信這速度？絕對不假！電飯煲煮飯三十分鐘，煤氣爐上做個菜，菜差不多都是半成品。這麼説來，你就該信了。

這些孩子幹起廚房活來也麻利。從前丹曦在家時，做家務只用拇指和食指，看得我著急。到了哈佛，情況大變，太像做事的人了，還經常在聚餐時當主廚打主力。

我喜歡一然的糖醋魚，也對夢欣的紅豆湯感興趣。春節那天，另兩個中國同學來公寓聚餐。我們去超市買回食物，洗的洗，切的切，從櫥櫃翻出重慶火鍋底料，一會兒，七八號人圍鍋而坐吃火鍋。在異國他鄉，在與哈爾濱緯度相當的波士頓，孩子們歡歡喜喜，濃濃的鄉情和同學情。

少操點心吧，會學，會玩，會生活，上網照本宣科，他們什麼菜都會做。(圖 10)

16 「把書讀好」

哈佛設計學院的研究生，在入讀哈佛之前大致分為三種情況。

一是大學畢業後工作了幾年，例如就職於著名的設計公司，擁有顯著工作績效的人；二是本科畢業後有少量的假期體驗活動，實踐經驗不足，但是學習成績優異，社會活動突出，獲得過獎項的群體；三是家庭背景顯赫，出身豪門或藝術之家，來哈佛提升興趣和工作技能，成全哈佛夢，以此獲得學位的豪門後代。

丹曦和她的室友們大多屬於第二種人，從學校到學校。

和孩子們同吃同住半年之久，很容易發現他們的獨到之處。他們靜心學習，在獲取知識的道路上，具有求知若渴、孜孜不倦、壓之不倒的精神，我常常被他們的學習態度和學習強度所震撼。

剛開始，我還會在丹曦耳邊嘮叨「歇會兒吧」、「都半夜兩點了」。幾天下來，發現她對我的話聽而不見，我開始感到自己對女兒的影響力正在逐漸減弱。改變不了她，我改變自己，不再嘮叨，視而不覺。視而不覺也不容易，她們就在那裏，幾間屋子的燈光一直亮著。若見她起身稍作休息，我會走過去說：

「我們出去走一走吧！」

「媽媽呀！哈佛的學習哪有你想像的那麼輕鬆！作業做完了我得預習明天的功課呀！當學生就該把書讀好！」沒有妥協之意。

「非得預習嗎？」

「課前不預習，上課時怎麼回答老師的提問？怎麼與同學交流？怎麼融入課堂？」她一連串的「怎麼」，不容商量，我頭一次感到拿她沒轍。

樂在學習中，享受過程，兼顧興趣，嚮往學習，主動學習。他們學習起來忘乎所以，周圍的環境一片靜寂。看到他們在學習上的執著態度，我說什麼都是徒勞。或許不該來看她，作為哈佛的學生家長，選擇眼不見心不煩才是正確的！

在承受了一年級的學習強度之後，對二年級的課程，他們感到有了自由發揮的空間。自主性強了，效率提升了，成就感產生，自信心煥發，不再懷疑自己的學習能力。二年級剛剛開學，丹曦就說她敢在課堂上大膽提問了，能從容應對教授的問題，能主動參與討論，與同學合作設計時有了主人翁的姿態。

「不能容忍扣分，如果在工程中，百分之一的疏忽，也可能導致關鍵性的錯誤！」我忘了是哪一位同學說過這句話。

鍥而不捨、富於進取、敢於吃苦。在追求專業真諦的道路上，他們的目標就像從信使到郵差，從郵差到電子郵件，再從電子郵件到視頻聲像，完美了還要更完美。不說苦，只說忙，忙在其中，也樂在其中。

哈佛的拉丁文校訓「VERITAS」，是「真理」之意。孩子們以追求真理的精神追逐事業，尋求專業對社會進步產生新的影響，堅忍不拔地學習，時尚地生活，以平和的心態，享受旁人難以理解的樂趣。

17 為孩子們 Morning call

「Morning call」指酒店的叫早服務。那段時間，丹曦和她的室友們樂意我為他們提供這個服務。

「一然，快起床，要遲到了。」我每次都是準時去敲門，按照她要求的時間。四個室友中，一然最難叫醒，每次要叫好一陣子，她才有反應。有了反應也不一定算叫早成功，你得確認，嗓門兒一次高過一次，如果依然沉寂，就要進去拍一拍，推一推，直到她睜開眼睛坐起來，說一聲「謝謝阿姨」才算搞定。

小賴是建築系一年級學生。一年級是哈佛學生拚命的一年，基礎課、專業課、圖紙，鋪天蓋地。一會兒要交報告，一會兒要評圖，那次他連續伏案二十幾個小時，小睡三四個小時之後又繼續奮戰。我提醒小賴別太拚，給自己留點本錢。小賴看著我，憨憨地說：

「阿姨，我可能真是被老師搞錯了，陰差陽錯錄取來的。基礎差，底子薄，必須努力啊！」同樣的話，一然、丹曦、夢欣也說過。

「哎呀，你們都是陰差陽錯錄取的，哈佛怎麼這麼倒霉！沒有一個學生有真本事嗎？」我說。

「沒有吧！」夢欣順水推舟，說完大家哈哈哈。這是他們的幽默，就像那些把自己比作卡通裏一隻米老鼠的美國人，渺小、謙卑、窮困潦倒、受歧視、自不量力，偶爾因一點小小的恩惠，才沾沾自喜一下。

「健康第一，你們必須遵循這個原則，想一想你們父母的感受吧。」

「我媽媽說過，不當班裏的倒數第一，就行了。」小賴道。

「不會吧，你別嚇唬阿姨！」我當真了，以為事情很嚴重。

「沒有沒有，阿姨別擔心，別說倒數第一，倒數第十也不能接受。我媽是瞎著急。」

早晨八點三十分的課，他們七點四十五分起床。這個課，一然之前最容易遲到，直到我說：

「不如我每天為你 Morning call。」

「阿姨，如果不影響您睡眠的話，太好了。」其實她樂得有人提供服務。

打那以後，每天有叫早服務。雖然如此，她仍然堅持用兩個鬧鐘，希望它們多少發揮點作用。其實兩個鬧鐘也不管用，非得又推又拍又喊不可。

一然的專業是城市規劃，二年級。她總是面帶笑容，會讀書，會做飯，經常親親熱熱地阿姨長阿姨短。她有一個習慣，常常吃飯吃到最後一口時，突然靈感到來，丟下碗筷就去記錄，記下一閃而過的思緒。這一離開，收拾廚房的事就基本忘了，直到下次做飯時才想起，不好意思地說「謝謝阿姨」。這些事，他們幾個都差不多，沒人抱怨。

我喜歡他們，喜歡和他們分享食物，喜歡聽他們甜甜地叫「阿姨」。久而久之，大家就不客氣了，照樣忘記洗鍋刷碗，「好吃」是他們的口頭禪。說起來，現在二十幾歲的年輕人，如果在家，還算撒嬌族，做飯是長輩的事。

「不要亡命，要對得起你們的父母。」我嘮叨過。

「阿姨，我們來哈佛是讀書的，不是來睡覺的！」

「前提是要身體好！」我直白地回答。

18 魅力劍橋城

有的地方，你只需看一眼就喜歡上了；而有的地方，看多少眼都無動於衷。波士頓的劍橋城（Cambridge），屬於前者。

劍橋城是一座大學城，哈佛大學和麻省理工學院是鄰里。美國的年輕人嚮往哈佛和麻省理工，就像中國的年輕人嚮往北大和清華。劍橋城的樓房看上去並非新式，人們的打扮並非刻意追求時尚，街道佈局也非精雕細琢，可是看上去就是讓人感到舒服。哈佛人和麻省理工人的素養，加上這裏漫長的時間沉澱，劍橋城的文化內涵，是其他地區無從複製的。

紅牆、白窗、灰瓦，是哈佛大學的建築特徵，紫紅色是哈佛的校色，被人們稱為哈佛紅。濃郁的新英格蘭風貌，遍及整個大波士頓地區。英國移民登陸這裏快四百年了，迄今為止，移民色彩依舊處處猶存。目之所及，盡顯歐風。

波士頓民居的外牆，或粉紅色磚牆，或白色木條，古樸大氣，恬靜溫馨，各具特色，又精緻可愛。家家戶戶獨立洋房，三層樓或兩層樓，另加一個地下室。地下室足夠堆放全家人的雜物、鍋爐、勞作工具、運動器材、除草機等。家家戶戶獨立而居，家門朝街，方便與大路上的人打招呼。

民居各有自己的花園草坪，有孩子的家庭在後院安放鞦韆、滑板、沙坑之類的活動設施；又或者，在通往房門的路邊，豎立兩個卡通人物或卡通房屋，看似進入了童話世界，讓人想到白雪公主與七個小矮人。松鼠竄來竄去，拖著比身體還長的尾巴，目中無人地與人類分享空間。

人對新環境的感性認識，大與小、美與醜、貧窮與富貴，第一時間總是來得直接而逼真。初到波士頓時，我看什麼事情都好奇，哈佛大學校園裏的那條麻薩諸塞大道（Massachusetts Ave），於上個世紀的我，好寬大，好氣派！還有那些兩三百年歷史的房屋，怎麼那麼新，那麼乾淨，那麼時尚！

認識是感性的，而品味則抽象得多。雖然抽象，卻也實實在在存在，劍橋城的文明不容置疑。街上的汽車比人多，行人少了顯得尊貴，駕車者無論是長者還是年輕人，都為行人讓路，行人在先，車子在後。

車輛到了十字路口要停下來左看右看，確認沒行人了才駛過馬路；又或者，司機透過擋風玻璃向行人揮手，示意你先過。於是，車外的人也揮手致謝，之後才坦然過街。把安全留給車外的人，波士頓人習慣成了自然，他們都這麼做。

那是 1994 年的秋天，我在波士頓考駕照，考官坐在副駕駛座上。我按自己的判斷開車，看十字路口沒人沒車，就不停了，象徵性地放慢車速，之後揚長而去。結果你猜怎麼了？「停下來！不是減速行駛，是完全停下來！」旁邊的考官對我一陣怒吼。我真是活該！後悔極了，心裏一股涼意，以為沒戲了。結果沒想到，那考官竟然讓我通過了路考，只是千叮囑萬叮囑，我必須引以為戒。

19 近水樓臺先得月

「近水樓臺先得月」，用這句中國俚語來形容哈佛的學術優先，沒錯。哈佛得益於一批治學嚴謹的教授，也得益於能請到世界各國的優秀學者來工作、來演講。

哈佛的講座多樣化，啟發性強，沒有教條，演講者的名字說起來都是響噹噹的。哈佛之所以總是領先世界，原因之一大概是她能優先邀請到全世界最傑出的人為她幹活！

聽各種各樣的演講，是丹曦和她的同學們的一大樂趣。他們抽絲剝繭般的擠出時間去聽演講，提問交流、領受教誨，這是哈佛人的優勢。聽演講是擴展視野，汲取智慧精華，建立不凡品位和深度思維的機會，錯過了就錯過了，永遠不會再回來。

招聘世界上最負盛名的教授，邀請各領域的風雲人物，請他們評古論今，憑藉哈佛的魅力，都辦得到，受邀者也樂於到這裏展現自己的人生和事業光芒。能到哈佛做一次演講，是對受邀者的認可和肯定，終身榮譽。著名的科學家、教授、總裁等，海報貼出來的演講者名字，大家都耳熟能詳。

講座是公開的也是免費的，「哈佛的門常開著」，隨便進出，歡迎任何有進取心的人去獲取知識。只需從學生報或路邊的廣告張貼處獲取資訊，任何人都能隨意進入演講廳。

演講一年四季都有，內容廣泛，從宗教歷史、音樂美學，到互聯網、道德認知、逆境和機遇等。加上名人講者的效應，幾乎場場演講都能吸引不少人遠道而來聽講，演講者也準能讓聽講者興趣盎然，腦洞大開。

當年外子在哈佛做訪問研究時，演講活動是他的最愛，幾乎不缺席他所知道的任何一場。十多年後，我去探望在哈佛讀書的丹曦，常常漫步校園找廣告，將內容精簡到只剩主題、講者、時間、地點，再告訴丹曦和她的同學們。這樣做的好處有二，一為他們節省時間和精力，二為方便自己看名人。我常去聽講，順便練練英語聽力，能聽懂多少不要緊，多一點是一點，時間真是很好磨，好事白白撿來！

為了更多地聽講座，丹曦和她的同學們必須壓縮課餘時間，更快地走路，更少地睡眠，把學習效率提高了再提高。用他們的說法，叫「實在不能放棄這個機會」。

美國人有一句口頭禪「你是最棒的」，這話被哈佛的教授們實踐得盡善盡美。他們總是善於激發學生在學習上的主動性和自信心。記得有一場演講，內容大眾化，我幾乎都聽懂了。在最後的問答環節，一個學生向身為哈佛教授的演講者提問：

「世界上的大學多，知名大學也多。當很多大學都在說，自己的學校在某個領域的水準是世界之最時，掐指一算，就沒有哈佛的份了。請問，您怎麼看這個現象？」

「身為哈佛的教師，我不太好說自己的水準如何，也不太好說哈佛在哪些領域不是世界之最。但是有一點我們可以毫不含糊地說，哈佛能錄取到世界上最優秀的學生，你們被我們首選了！」教授這樣回應，話畢掌聲響起，經久不息。

20 查爾斯河之靈

世界上的大城市，幾乎每一座都有一條河流，或流經市區，或繞城而過。母親河，便是城中人對那條河流的譽稱，並以此為榮，還會饒有興趣地講述她的故事。查爾斯河（Charles River）是波士頓人的母親河，是他們心中美麗的音符，是城市的靈魂。

查爾斯河從東邊走來，繞過山脈和平地，來到波士頓，一路曲曲彎彎奔向大西洋。在流經哈佛大學和麻省理工學院的這一段，是她最迷人的河段。到了這裏河面寬闊，流速減緩，更顯溫和。

兩岸的車道上，汽車一輛接一輛地急駛，汽車玻璃在陽光反射下一閃而過，光影川流不息。路旁的公園有草坪和鮮花，如果是四月，遇上櫻花開得正好時，波士頓人三三兩兩的，來河邊賞花看水，牽著狗，推著嬰兒車，場景猶如一幅幅寬闊的動態畫。

哈佛大學和麻省理工學院沿河矗立，校舍的紅牆、白窗、灰瓦，大大方方，古樸典雅。河岸上，人們沿河跑步健身，樂水的在河面上划艇，觀景的坐下來看風光。他們當中不乏哈佛和麻省理工的名教授和學科帶頭人，甚至是諾貝爾獎獲得者。

是的，當查爾斯河來到波士頓，來到哈佛大學和麻省理工學院，融入這裏的人文環境時，她煥發出的魅力是別樣的。

河上最為搶眼的是划艇活動，每到週末，哈佛和麻省理工的划艇愛好者們雲集河上，一來滿足興趣，二來備戰哈佛與耶魯一年一度的划艇對抗賽。那是一項專業的比賽，平靜而開闊的查爾斯河，成為得天獨厚的划艇訓練基地，給選手們提供了優異的比賽場地，為運動健兒帶來無限的遐想。

哈佛和耶魯的划艇比賽，源自劍橋大學和牛津大學在倫敦泰晤士河（River Thames）上的賽艇對抗賽。比賽是綜合性的盛會，擴大影響，廣闢財源，彰顯實力。中國的北大和清華，曾一度想把兩校的賽艇對抗賽辦成亞洲的第一賽事，以此鼎足歐洲和美洲，成為世界三大經典賽事。「北京大學清華大學百年賽艇對抗賽」，在1999至2009年的五月底於北京舉行，維持十年之後中斷。

比賽開始，一條條賽艇閃電般地衝出去，像利刃斬浪，在拐彎處留下一條條長長的、銀白色的弧形。當健兒們從你身邊划過時，你會情不自禁地當啦啦隊員。每年這一天，彷彿全波士頓的人都來助威。1993年哈佛和耶魯的划艇比賽那天，我們帶丹曦去現場為哈佛大學隊加油，快樂極了。

除了比賽，查爾斯河更多的時間屬於業餘愛好者。把划艇架在車頂上，把車子開到河邊，取下划艇放進水裏，就開始划槳。河岸的划艇俱樂部實行會員制，會員用極少的錢就能租用划艇。非會員花二三十美金也可租划艇玩。若想學點划艇技巧，可以參加俱樂部的訓練。

原屬貴族的划艇運動，在波士頓走進了民眾的生活。有些當地人，包括哈佛和麻省理工的師生員工，是自己划著艇去上班的。

21 BWH 新生兒護理

有人把美國人的人生總結為三個階段：兒童的天堂、成人的戰場、老人的墳場。這個總結不一定準確，但至少可以說明，美國人把孩子看得高於一切；這與中國傳統社會的「萬事孝為先」形成反差，傳統的中國人看孩子重要，父母老人更重要。

布萊根婦女醫院（Brigham and Women' s Hospital, BWH）的嬰兒室，每個房間四個孩子，由兩個護士照看。我算了一下，按照八個小時的輪班制，加上週六、週日、節假日、年假等，平均一個新生兒需要四個半護士的配額。這還僅僅是普通嬰兒室，如果是早產嬰兒室，比例更高。

我頻繁地去嬰兒室看望 Joy，在那裏坐坐，和護士聊聊天。

一次路過早產兒護理區，無意間看見的一幕打住了我的步伐。一個用布簾隔成的獨立空間，兩道布簾之間漏出一道縫隙。透過縫隙我看見，一位護士的手掌裏捲縮著一個小人兒，太小了，似一隻尚未成年的老鼠；可他又實實在在是一個人，在護士的一隻手裏，約佔手掌面積的五分之三，頭、身、手、腿，該有的都有。那護士的左手托著孩子，右手小心翼翼地為之清洗。

豈有這麼袖珍的人兒？我著實嚇了一跳，最多在四五個月的孕期生下，這麼早就離開了母體！我心裏一陣難過，以至於影響了我那兩天的食慾。

在體外孕育胎兒，還有什麼超乎其上而更艱難的工作嗎？那位護士從事的工作，多麼精細而偉大！我將所見告訴 Joy 的護士 Stacy，她說：

「BWH 養育了不少孕期只有五個來月的孩子。幾天前，有一個女孩和媽媽一起來醫院看望她當年出生時的醫生護士。當年因為意外，她在母體只待了四個多月，現在都上大學了。」

我還感到美國人太講究隱私（Privacy）。他們認為大人、孩子、胎兒都是人，有尊嚴的人。一個半斤來重的胎兒，給他洗澡也得考慮其尊嚴，要在獨立的、有隱私的空間進行。

我也想到有的地區，視嬰幼兒無性別，兩三歲還穿開襠褲。曾經在某個公園，我看過一個三四歲的小女孩，赤身裸體地在噴泉下樂水，行人在旁邊來來往往，爺爺奶奶和朋友們在一邊樂著、等著、看著，非常包容。

Tricia 說過一句話，讓我不安了兩三年。那天她神秘地說：

「陪你生孩子，經歷了那樣的情景，我都不想生孩子了。」

沒想到，給她帶來的是負面影響。不安、內疚，後悔請她來陪產，直到兩年後她結婚了，有了自己的第一個孩子。

產婦不坐月子，可以喝冰水吃冰棍，可以外出；生一堆女兒很好，生一堆兒子也很好；維護新生兒的尊嚴。這些事情如果在改革開放之前告訴中國人，一定有九成人不相信，剩下一成相信的，怕是眼見為實或者親身經歷過。

近年，中國醫學院開始招收兒科系學生，一改上世紀六十年代以來不設兒科系的傳統。在得知消息的當晚餐桌上，我們舉杯讚美這個舉措。

22 產科醫生 Dr. Cline

布萊根婦兒醫院，是哈佛大學醫學院婦產科醫院，那是世界著名的婦兒醫院，美國其他州以及歐洲的很多女人，都喜歡到那裏生孩子。

BWH 給我的第一印象，是這裏的醫生和護士長得好漂亮！不但漂亮還和藹可親，總是笑瞇瞇的，對病人親親熱熱的。不是說婦產科的醫生護士都很厲害、冷酷嗎？怎麼這裏是這樣？優越的環境，良好的硬件設施，怪不得四面八方的產婦都往這裏跑。

第一次去見我的產科醫生 Cline 時，她笑瞇瞇地告訴我：

「祝賀你懷孕了！」

她的話並沒有起到祝賀的作用，我反而一下子哭了起來，不是激動，是不安，弄得 Cline 莫名其妙。

「怎麼啦？怎麼是這樣？」她大惑不解。

「我是中國人，已經有一個孩子了，在中國每對夫妻只能生一個孩子。」我說。

「哦！」她若有所思。「生了再說吧！多好的禮物呀！還有什麼比孩子更重要？」她又說，在我看來，是安慰也是開導。

她是一位非常漂亮的婦產科醫生，大概不到三十歲，尚未當母親，卻讓人感到知寒知暖的溫馨。Cline 的聲音裏有一種溫柔憨厚的女人氣息，是那種只要有機會和她說說話，哪怕只說一兩句，都會讓你很久很久不能忘記的氣息。她與我分享作為孕婦的快樂，憧憬未來，也試圖幫我化解憂愁，尋求解決問題的方法。那是一種與眾不同、剛柔兼備的女性美。

我多少得到了一些安慰，但是心裏仍然不爽，我不安地走出診室。波士頓的法律禁止墮胎，我沒有選擇，也做不了什麼。我得接受「多麼好的禮物」，坦然等待與孩子見面。

Cline 成了我的孕期和產期醫生。第二次去見她時，她一臉神秘地問我：

「想不想知道是男孩還是女孩？或者為了驚喜，暫時替你保密？」

「很想知道啊，親愛的！」我也學著他們的語氣説話。

「是一個可愛的女孩兒呢！」她説，説完之後等待著，滿以為我會歡天喜地，一遍又一遍地感恩和讚美，可是我又哭了。她的患者再次把她搞得莫名其妙。哎！脆弱的孕婦！大概她是這樣想的。

「又怎麼哪？」

「我們已經有一個女兒了，即便要生，就想生一個兒子哦！」我哭訴道，表白真情。

「兩個女兒不是也很特別嗎？」她沒有料到，有人竟然在意孩子的性別。

我不重男輕女，但是我屬於那種有了女兒還想要一個兒子，或者説有了兒子還想要一個女兒的人。美國人不在意男孩女孩，一堆女兒很好，一堆兒子也很好。我想，自她執業以來，她面對的孕婦中，或許我是第一個與眾不同的人吧。

「中國女人，怎麼是這樣」，我猜，她心裏一定這樣嘀咕過。還好，我理智起來，接受現實，因為事情也由不得我。(圖 11)

23 冷暖坐月子

「入鄉隨俗」就是告訴你，要把新環境裏不熟悉的生活行為看得習以為常。我向產科醫生 Cline 談到中國產婦的坐月子習俗，她當然是不理解不接受。

「坐月子，產婦將需要更長的時間恢復健康，她們應該越早恢復正常越好。」她說。

美國女人生孩子不坐月子，最多就是產後休養，辛苦了，休息休息。沒人伺候，你想幹啥幹啥，洗澡，喝冷飲，吃水果，常人做的事情都做，一兩天後帶著新生兒出去散步曬太陽，享受為人之母的幸福。英國的凱特王妃（Kate Middleton），生下小公主十來個小時，就穿著裙子帶著公主，在公眾面前亮相。

我們生了孩子是功臣，爸爸媽媽、公公婆婆、七大姑八大姨都來，煲湯煮飯，照顧嬰兒，伺候產婦。產婦的生活規律改變了，衣食住行專人管理，萬分講究。

1993 年冬季的一天，在劍橋城的一個超市裏，一個提著嬰兒車籃的年輕女人在購物，籃子裏的孩子好小，一看就是初生兒。我好奇，上前跟她搭話：

「早晨好！多麼珍貴的孩子啊！」

「早晨好！謝謝你！」

「是女兒嗎？多大了？」我想確認她是否就是孩子的母親。

「我女兒，五天了。」她掩不住內心的驕傲。五天的產婦，獨自帶著孩子逛超市。

朋友 Shirly 剖腹生兒子，第二天我捧著鮮花去醫院祝賀她，碰巧護士來房間，要扶她下床走路。護士說：「你完成第一次下床走路之後，就可以自己行動了，沒問題。」剖腹產，第二天！

他們重視產婦第一次下床的時間，再三告誡你，第一次下床一定要有人陪著，防止暈倒，但是第二次就沒事了。Shirly 第三天出院，第五天她的先生 Bruce 出差了，留下她和新生兒子以及三歲的女兒。

Shirly 把兒子放入車籃，開車送女兒上幼稚園，之後去辦點事。

「你行嗎？」我問道。

「辦完事就可以休息了。」

「孩子的爺爺奶奶不是來了嗎？」

「又不是我自己的父母，不好意思麻煩。」她說得很平靜。

「我媽媽明天來，可以請她幫忙。」她補充道。親近母親勝過婆婆，這大概是全世界女人的共性。

醫院鼓勵丈夫陪伴妻子生產，丈夫不在身邊的，可由朋友陪伴。小女兒出生時，正值先生在香港出差。情急之下，Tricia 說她來陪產。也好，當地人嘛，便於與醫生護士溝通，我想。

他們不把產婦當病人，Joy 出生後，護士 Mary 問我：

「你很累吧，想喝點什麼？」她問得好輕鬆！把我當一位剛剛打球歸來的運動員？

「蘋果汁就行了。」我無心吃喝。

她滿滿地端來一杯，看見果汁和冰塊各一半的飲料，我才想起忘了告訴她「不要加冰」。當時我腦子閃過一念：給產婦送冰水，如果在中國，小心被人投訴。

一輩子不喝熱飲的美國人，如果不吩咐「不要加冰」，水都帶冰塊，否則最多給你常溫水。常溫水，中國人叫「冷水」;「冷」英語叫「Cold」，「常溫」叫「Regular」，是兩個互不相干的詞匯。

中國人和美國人，連對水溫的定義都天壤之別。

24 BWH 醫院二三事

哈佛大學的布萊根婦兒醫院裏，護士 Mary 放下那個一半冰塊一半飲料的杯子，看我沒事，便出去了。我不敢喝那冰水，開始坐月子了，不冒那個險。

沒有補充能量，我又冷又餓，越來越冷越來越餓。就在我欲按下求助鈴時，臺灣朋友蕭雪冰和她先生聞訊趕來。雪冰和我打了個招呼，還沒來得及聽我回應，就跑去隔壁房間，抱來一床厚厚的被子蓋在我身上，說「中國人，還是暖和一點好」。應我所求，她又去生活間，用微波爐搞了點熱水讓我喝下去，我開始溫暖起來。

在我的要求下，Dr. Cline 讓我多住了兩天院。若按順產的規矩，第二天就該出院的。保險公司追得緊，經常派人到醫院檢查並催促醫生，「這個為何不出院」，「那個為何還住著」。

產婦一人一房，按照他們的觀念，不相干的兩個女人或者兩個男人，永遠不安排在一個房間。房間設施現代化，環境令人愉快，我最滿意醫院的一日三餐，太豐富了，想吃啥只管在餐單上打勾。從頭盤到大魚大肉，再到餐後甜點，還有冰淇淋，點多少送多少。

「這個餐單是專門給產婦設計的嗎？」我問護士。

「不是。實際上它適合任何人，包括產婦。」

「產婦也可以吃冰淇淋？」

「為什麼不可以？」她若有所思地回應，像是在思考，這個中國女人怎麼問出這種問題。

一方水土養一方人，出來了把口味改一改，改得與當地人一致，是可以接受的。然而坐月子，大是大非的時刻，我得認真。

醫院的新生兒護理無可挑剔。護士每天向家長匯報孩子的情況，家長可以隨時去嬰兒室看望孩子。至今，Stacy、Tricia、Ann的樣貌我還記憶猶新。

那是Joy出生後的當天晚上，Stacy打電話到我的病房：

「小冰，你好嗎？我是Joy的護士Stacy。」

「你好，Stacy。」

「你不想女兒嗎？」

「挺想的呀！」

「那你怎麼不來看看她，或者打電話問問情況也好？」

「哪裏是不想，我怕打擾你們，怕給你們添麻煩，信賴你們呢！真謝謝你打電話來！」我意外地欣喜。

「你想聽聽Joy的情況嗎？現在方便說話嗎？」

我巴不得呀！她詳細描述女兒的情況，吃了多少，睡了多久以及第一次大小便情況。

「她文靜溫和，不怎麼吵鬧，真羨慕你有這麼乖的女兒！」匯報完畢，又和我閒聊兩句，拉近感情。

「如果你想她了，就來看看，如果不想走動，就給我們打電話，我們抱她來。」她囑咐道。

與Stacy的交談打消了我的顧慮，我不再克己，學他們，有事直說。挺好！我欣賞美國人的隨和。

晚上 Tricia 來看我，我告訴她 Stacy 的來電，她聽後說：

「你幹嘛要客氣，美國媽媽們從不客氣。頻繁地打電話，隨時去看孩子，都是當媽媽的權利。」她這麼說，不知道是在介紹情況，還是在指責。

「你若不主動，人家還以為你不關心孩子！哪有這樣客氣的。」Tricia 嘮叨著，我反而感到內疚。

25 隨遇而學

家長都希望給孩子一個良好而穩定的學習環境，按部就班，少折騰，求順當發展，我們也這樣想。但是，丹曦的中小學階段只能在不斷的輾轉中度過，幼稚園在成都，小學在成都和波士頓，中學在成都和深圳，大學在北京，研究生在波士頓。

轉了學，再轉學，她習慣了搬遷，適應了轉來轉去的新環境、新體系、新老師、新朋友，且還樂在其中獲益其中，這倒讓我們省心。我問過她：

「總是在搬家在轉學，煩嗎？」

「挺好的！新環境，新事物，新玩法。」她說。

我們驚訝孩子的適應能力遠遠強過成人，還開闊了眼界，拓展了思維。哪裏非得環境穩定！

丹曦申請到哈佛讀書的動力，或許萌芽於小時候在那裏的生活經歷，爸爸到哈佛做訪問研究，她在那裏上小學；又或者，哈佛設計學院吸引著她，她想去圓夢。錄取她的有哈佛大學、歐洲代爾夫特設計學院、美國賓夕法尼亞大學、哥倫比亞大學，她選擇了哈佛。

哈佛學生的學習不分時間地點，似乎吃飯走路時都處於思考狀態。特別是大考之前的拚搏，敢說讓每一位目睹過的家長心疼。我入睡時，她們或者還在宿舍伏案工作，或者還在圖書館查資料；醒來，她們或者已經開始學習，或者已經出門。

哈佛有個不成文的規矩，學生，特別是女生，如果深夜回住處，有必要時，可以電召校車護花回住處，丹曦和她的室友們從來沒有動用過這種福利。我提議「如果太晚，偶爾勞駕一下校車也無妨」。「沒那麼誇張，哈佛校園安全呢」，都很獨立。

波士頓與哈爾濱同緯度，冬天冷極了。學生們在校園的通用交通方式是騎單車。我喜歡看她騎單車時的派頭，黑色的呢子短大衣，大圍巾繞脖子，書包斜挎身後。這是哈佛學生的範兒，陽光、自然、時尚，也不乏謙卑、雅致和現代美。回來時一邊脫手套解圍巾，一邊喘著熱氣喊媽媽，風風火火的，臉龐凍得通紅。

「作為中國人，你應該有點打工經歷。」她爸爸說。因此，丹曦申請了打工活動，在哈佛的發展機構幫助整理校友的資料，搜尋能為母校帶來資金援助的目標。她曾經感慨地說：

「哈佛大學最大的損失，是商學院當年沒有錄取巴菲特（Warren Buffett）。否則，哈佛的辦學基金將更加了得。」

打工旨在體驗，新一代中國留學生不再像他們的前輩那樣，出發時除了機票就僅剩幾十美金，到了學校放下行李就得想打工的事。現在的他們，很少為經費煩惱，也不去 Yard Sale 買二手貨，不到舊書店買二手書，消費用信用卡，方便得只需簽一下名。我的到來，看似給女兒多了用錢的理由。

「我們需要買碗筷。現在兩張床，得添置臥具。」她說。

「再說吧！」我說。結果啥都沒買也應付了。新一代和老一代，觀念迥異！

26 商人的搖籃——哈佛商學院

老朋友于星垣的兒子于智博，在哈佛商學院讀 MBA 時，是學院的知名人士。他曾帶領一波白人同學，在學院的舞臺上表演中國功夫，節目招人顯眼。那是一名從商的好把式，行事大方、敏捷、穩健、面面俱到，總是在微笑，總是充滿自信和活力，是一名典型的哈佛商學院人。

智博本科就讀密西根州立大學，畢業後在戴爾公司（Dell）工作兩年，之後考上哈佛商學院。在我看來，哈佛錄取他，除了學業成績優異，更多是看上他從商的潛能和在戴爾公司的表現。畢業後他不斷給我們驚喜，應聘國際大公司，當聯想集團董事長的高級助理，成功登頂 8,848 米的珠穆朗瑪峰，創建妥妥遞科技公司。

哈佛商學院，隔著查爾斯河與哈佛主校區呼應，城堡似的建築，新英格蘭風格的院落，紅牆、白窗、灰瓦，校舍古樸典雅，神秘莊重。一百多年的哈佛商學院，培養了一批批在全球工商界獨當一面的領軍人。

有人説，假如把哈佛大學比作全美所有大學中的一頂王冠，那麼王冠上那顆璀璨奪目的珠寶，就是哈佛商學院。也有人説，哈佛商學院是孕育全球大型企業掌舵人的搖籃，是商人、主管、總經理的西點軍校，是生產老闆的工廠，是全球富商的鍍金聖地。還有人説，哈佛商學院的 MBA，是權力與金錢的象徵，因為美國前五百家大公司，五分之一的老總畢業於此。

哈佛商學院的案例教學（Case study）極負盛名，著眼於培養學生的好奇心、創造力、對問題的敏銳力、相互聯繫的記憶力，也培養他們面對困難和機遇時的信心和膽量。此外，也強調建立既不急功近利，也不優柔寡斷的品格。

在招生中精挑細選，收生時除了看學生的智力、GMAT 成績，還考慮潛在的管理能力，以及語言、數學、推理等方面的個人氣質。面試時讓學生剖析自己的入學動機、優點缺點、興趣嗜好、道德觀念、成就和取得成就的原因，展現創造力、思維能力，以及有能力完成兩年學業的健康體魄。也看重學生入學前的工作經驗，以此預測學生畢業後成功的可能性。坦率地説，哈佛商學院的學生在入校之前，已經具備相當的營商經驗。

哈佛的 MBA 學生，畢業後初始年薪就達十萬美金以上。因此也有人指責，哈佛 MBA 的第一個缺點就是身價太高。沒錯，從這裏畢業的人，分分秒秒關注各大企業的成長和利潤，拚命追求成功，是業界的職業殺手。

培養企業精英，也培訓各國政府高官。香港政府從港英時期開始，就陸續派高官到哈佛商學院受訓，如特區政府駐京辦事處前主任曹萬泰、前任特首曾蔭權，其他如前財政司司長梁錦松、前立法會議員田北辰等，都是哈佛商學院畢業生。至於美國政要名人就更多了，第四十三任總統喬治 · 布殊（George W. Bush）、第二十四任華裔勞工部長趙小蘭（Elaine Chao）、政商兩棲的麥克 · 彭博（Michael Bloomberg）等。

27 森林街八號

二十多年後重訪哈佛，帶 Joy 去看她的出生地。從前住過的房子變了沒有？經常去的超市是否還在經營？二十幾年很長，我想找出差異。可是找來找去，覺得那些建築沒有增添斑駁，色彩依然艷麗。

兩三百年的建築，美國總統換了一屆又一屆，房屋依然那麼艷麗、乾淨、不染塵埃，老得莊重典雅，留下的只是厚重的文化沉澱。而有的地方，二三十年甚至一二十年的樓房，已經苟延殘喘，要等待重建項目的到來。是什麼原因呢？有沒有人比較過反思過？

哈佛院子外，當年打工的燕京餐廳，已經物是人非，沒有可以打招呼的人，卻門面依舊。森林街八號和埃爾文街五十二號，是第一次到來時住過的地方，有我們生活的軌跡。站在森林街八號的樓下，望著二樓的那三個窗戶，它現在的住戶是誰？已經換過多少次主人？我給小女兒 Joy 講當年的故事：

「波士頓有一條法令，下雪之後家家戶戶必須打掃自家的房前雪，否則如有行人在房前滑倒，後果將由房主全權負責。」Joy 覺得我的講述有意思，就問：

「這是波士頓居民的權責吧？想必大家都自覺遵守。」

「當然，嚴厲的法制約束人的言行，也催生人的自覺性。每次下雪後，掃雪，就成了波士頓居民的頭等大事。家裏沒有勞動力的，要花錢請掃雪公司的人來打掃；不在家的，委託代理人處理。

有條件的要掃，沒有條件的創造條件也要掃。」

她饒有興趣地聽，我繼續道：「森林街八號住四戶人家，每逢大雪之後的清晨，門外這條優雅的小徑必須最先清理，你爸爸總是一大早就拿著鏟子下樓去，率先掃清小徑上的雪，之後才打理自家的汽車。為此，鄰居們都不勝感激。」

「這就是爸爸呀！」Joy 道出對爸爸的認可。

「若在九月十月，波士頓秋高氣爽，楓葉紅遍原野，秋風吹拂時，紅葉飄飄落落遍灑大地，滿街都是沙沙沙的落葉聲。街上除了落葉聲，就只剩下偶爾行人的腳步聲。

「剛到美國時，我總覺得自己有別於當地人，與四周環境格格不入，不是人種的差別，是潛意識下、一種說不清道不明的異樣。直到有一天我悟出點名堂，那是我對美國人的預設偏差太大。實際上，生活中的他們是樸實的、大方的、自然的。於是我把從國內帶來的裙子、緊身衣、高跟鞋悄悄收起來，換成和當地人一樣大方的 T 恤、休閒褲、休閒鞋。我感覺自己入鄉隨俗了！」

帶著 Joy 走出哈佛院子，在電腦中心外，我指著一堆大大小小的鵝卵石說：

「還記得姐姐小時候的那張照片吧？當年她來哈佛的第一張照片，就是在這裏照的。」

「想起了，就是穿 T 恤，兩手插在褲兜裏的那一張吧。」

「那時她還是小學一年級的小女生。」

「給我也來一張。」她跑向那個最大的鵝卵石，學著姐姐的樣子擺 Pose。

二十多年，時光倒流，姐妹倆的照片幾乎可以重合。

28 埃爾文街五十二號的新舊主人

或許你覺得這個故事與你無關，但是人生不就是由千千萬萬個無關和有關組成，才有了你我他？

帶 Joy 參觀她的出生地，有機會重訪哈佛校園。受晚輩夏迪和董瑤夫婦之邀，我們前去拜訪，他倆與 Joy 的姐姐丹曦是清華大學的同學，也是哈佛的同學。聽說我們在波士頓，董瑤打來電話：

「阿姨，好高興能有機會見到您和妹妹呀！」話筒那邊的聲音好甜，見面的時間地點敲定了。

到了他們樓下，二人已經迎候在門廳。看著周圍的一切，我心中一喜：

「天啊！這不就是當年我們住過的房子嗎？埃爾文街五十二號，從森林街八號搬來的！這街道、門牌、扶欄、樓梯，好熟悉的環境！」我驚訝地數點各個環節。

「你們住這裏？」我說。

「不會吧！阿姨。您確定沒有記錯嗎？怎麼會這麼巧！」他們也不敢相信。

「沒錯，以照片為證，不止一張。」我肯定自己的記憶。

「若真是這樣，說不準還有更多驚喜！」上樓前，夏迪道。

「不會是二樓吧？」我有點忍不住。夏迪聽了不動聲色，徑直走上二樓，在我心中的那個位置，他止步道：

「到了，我們住這裏。」

「同樓層，同房間！我們那時也住這裏！」我喜出望外。

「很難想像，波士頓這麼大，你們當年住過的房間，現在我們住。應了流行語『世界太小』。」大家興奮起來。

夏迪和董瑤與丹曦在清華大學同班，是好朋友，之後三位又成為哈佛同專業的研究生同學。快二十年了，他們住著我們住過的房間，這時間和空間，這麼巧！

我仔細看看室內室外，搜尋那些能夠喚起記憶的事物。廚房的佈局依舊；床和寫字檯擺同樣的位置；暖氣架還在那裏，我用它給 Joy 烤過衣服；上下開合的窗戶；扶手樓梯，我曾抱著 Joy，與上樓下樓的梁曉燕和 Margret 說話。住三樓的曉燕，讀哈佛教育學博士，是公寓裏我們唯一可以與之說中國話的人。

在房間裏，我有賓至如歸的感覺，在舊的事物中尋找新的東西，當年擺放嬰兒床的位置，現在他們擺工作檯，檯上攤開的圖紙，是夏迪與哈佛設計學院教授合作的設計方案。

戲劇性的人生，發展得天衣無縫，孩子們之間，孩子們和我們之間。Joy 現在已經亭亭玉立，她走來走去地看，喚起對嬰兒期自己的想像。我們沉浸在因與果的欣喜中。

快二十年了，那房間換了多少輪主人？有過多少喜與憂？我感到時光被打住了，一定要把這事兒寫出來。

午飯後小夫妻陪我們漫步街頭。我給他們講述當年街口的一件事。那是早春時節，天氣尚未足夠暖和，有一家人就已在花園裏種上含苞待放的花草。女鄰居性子急，她常常含情脈脈地站在那裏等待，等待花兒為環境增添色彩。可是兩天之後天氣陡然

降溫，花朵被凍得奄奄一息，搞得愛花人沮喪極了。那天路過她家，她對我說「我感到沮喪」，表情真是好可愛。(圖 13)

29 學生親友滿載自豪

「半罐水，響叮噹；滿罐水，一點都不響。」這個說法通常指學問膚淺卻愛炫耀的人。但是哈佛大學響叮噹，她是被世人搖得響叮噹的。

每年五月的畢業典禮，是哈佛大學好大的一件事，熱鬧得不得了，就像中國人過年。典禮的前前後後，準備工作提前一個月就進入程序。早早地把彩旗掛出來，旗上寫著哪一年創校，有多少年的歷史；早早地把邀請函發給校友、嘉賓以及本屆畢業生的家長；早早地製作紀念品；早早地在 Widener 圖書館外面的草坪上佈置會場。

哈佛人不張揚，但是方方面面均體現出自豪感。在哈佛廣場的書店和雜貨店，學校紀念品擺得琳琅滿目，需求量大，銷售量大，使用量大，銷售行情一年四季不降溫，特別是 T 恤和杯子。參加哈佛的畢業典禮，是親友們的大喜事，來了就要買，或自己用，或當勵志物品贈小輩，非常拿得出手，到來的人沒有不買的，價格昂貴也在所不惜。一個印有哈佛校徽的杯子，十二三美金已算便宜。

哈佛有不少學生出身於豪門或名家，或財富萬貫，或政治世家、科技精英、文化精英，他們有本錢驕傲。但是美國人的德行似乎天生不炫耀，特別不炫耀家庭，不炫耀父輩，更不炫耀自己。絕不是那種以為自己比誰都聰明，比誰都完美的人。

自己的身分越是顯貴越不擺架子，但是對於孩子的成功，無論是學業上還是事業上的，卻從不掩飾，並引以為豪。這種現象在每年的畢業典禮期間體現得淋漓盡致。

典禮之前，家長們從世界各地奔向波士頓，奔向哈佛；距離遠的乘飛機來，距離近的開車來；乘飛機的家長無法貼標籤，而從各州開車來的，卻是風光無限好。他們在車身上貼著大幅橫標，或「Proud of Being Harvard Parents」，或「Proud of Being Harvard Grandparents」、「Sisters」、「Brothers」、「Relatives」、「Friends」等等，即驕傲的哈佛父母，驕傲的哈佛祖父母、姊妹、兄弟、親戚甚至朋友。

一路上難掩心中的喜悅，引來無數讚嘆和羨慕的目光。兄弟姊妹們在 T 恤上印著「哈佛兄弟」或「哈佛姊妹」，算是謙虛的；有的乾脆印上「Future Harvard」(未來的哈佛學生)，或「Harvard Freshman 2017」(哈佛 2017 年新生)，或「Harvard Sophomore 2023」(哈佛 2023 年二年級學生)。

參觀過 1994 年的哈佛畢業典禮，沒想到十八年後，我們會到哈佛參加自己女兒的畢業典禮。

「爸爸媽媽，你們也買點紀念品吧，Harvard Dad 和 Harvard Mom 的 T 恤或者杯子什麼的？」中國人含蓄，看見那些自豪的風景，丹曦問我們。

「這麼誇張，還排不上用場，不要了，帶回去也是壓在櫃子裏。」她爸爸說。

「一件幾十美金的 T 恤，好像真沒什麼必要。」我說。

話雖這麼說，還是經不住女兒畢業帶來的喜悅，我們各買了一個印著「哈佛爸爸」和「哈佛媽媽」的杯子，又給小女兒買了一件「哈佛妹妹」的運動衣。當時小女兒 Joy 正在香港備戰高考，那件運動衣，她好像至今沒有穿過。

30 畢業典禮與家長

那天早晨醒來，天還霧濛濛的，下著小雨，結果不一會兒就放晴了，轉眼陽光普照。參加畢業典禮的家長們，臉上都掛著喜悅，他們從世界各地前來，來到那個古老而典雅的哈佛院子。這一天，每對父母都盼望已久了，我們也是。

那是哈佛大學第三百六十一屆畢業典禮日，也是哈佛建校三百七十五週年紀念日。畢業典禮是大事，通過孜孜不倦、堅韌不拔的學習，丹曦和她的同學們終於迎來被認可的一天，迎來獲取學位的時刻。從此他們將告別母校，走向新環境，開啟生活和事業的新篇章。

每一位畢業生獲發兩張學校的畢業典禮邀請券、四張院系典禮的邀請券。邀請券上沒有座位編號，為了坐得稍微靠前一點，我和外子一大早就出發，步行十分鐘來到會場大門口，準備入場。

一邊走一邊給老朋友喬治夫婦打電話，告訴他們這個喜慶的日子和喜慶的事。

「劍橋地區處處張燈結彩，充滿歡樂，今天連波士頓的天氣，也在典禮開幕之前突然陰轉晴，能見度極好，空氣特別清爽。」我說。

「這一天屬於畢業生們。我關注多年了，說來奇怪，哈佛的每一屆畢業典禮日，都能遇上好天氣。」電話那頭，喬治告訴我們這個現象。

「竟是這樣的巧合！」我也感慨。

喬治是上個世紀六十年代哈佛大學法學院的畢業生，母校的事情他特別上心。關於天氣與哈佛大學的畢業典禮，兩者之間到底有沒有什麼關係，我沒有查閱過，只是聽他這麼一說，心裏更美了。

哈佛院子有多扇校門，這些校門在平日裏從不關門，夜晚也不關，一年四季對任何人敞開，但是畢業典禮的頭天晚上要關閉，因為第二天要驗票入場。

我以為太早了，以為會排在最前面，結果到了才發現，等候入場的隊伍已經在各扇門外排起了長龍。來賓們按邀請券上的指定入口進場，早上六時四十五分開門，幾分鐘之內，家長方陣已經座無虛席。還好找到了座位，雖然未能靠前，卻比按時到來的人強多了，他們只能站著。

作為家長，我們具有親歷者和旁觀者的雙重身分，身在其中又在其外，與學校的關係若即若離。這一天是畢業生的人生轉折點，也是家長們的重大喜慶日，雙方都難以忘懷。

家長們看上去都典雅端莊，有的為兒女而來，有的為孫兒孫女而來，有的為妻子或丈夫而來；還有的，是帶著畢業生的孩子而來。無論身分如何，都有較好的修養。他們從容地走路，不快不慢地說話，言行得體，克己守禮，保持中庸，仿佛永遠不會失禮失態。

鄰座是一對六十開外的白人夫婦，夫人告訴我，他們為兒子而來，兒子是生物專業的研究生，旁邊的女士是兒子的女朋友。我欣賞美國人與陌生人相處時的大度和隨和，我嘗試學習，學了很久才稍微好一點。

我也告訴他們，我們為女兒而來，她是設計學院的研究生。記得當時心中還閃過一念，他們怎麼會有三張票？哈佛大學畢業典禮的入場券，一票難求的！（圖 15）

31 畢業典禮巡遊

在蘇格蘭風笛和鼓樂的伴奏聲中，哈佛大學的畢業典禮開始。主角排隊入場，全場人齊刷刷地把目光投向入口，掌聲響起，經久不息。校監和校董走在最前面，接下來是校長、院長、教授、傑出校友，畢業生隊伍壓陣。

入場式有點像巡遊，嘉賓們滿臉的喜氣，胸前別一朵鮮花，身穿博士袍或者禮服。五顏六色的博士袍，不同的博士袍代表畢業於不同的大學，都是名校，説出來沒人不知道。

有些女士戴著禮帽，典雅得像皇室的公主王妃。有些男士穿燕尾服，打蝴蝶結，寬檐帽上插著羽毛，一根手杖在握，看似歐洲中世紀貴族趕赴盛會。這種禮儀不是想用就用的，它只能延續在少數貴族身上，延續在極其講究的場面。根據他們的服飾，能看出一個已經過去的時代。

我用自己的眼光看入場隊伍，覺得缺了主角，即官員。哈佛是一所私立大學。在這個私有制的經濟體系裏，包括蘋果公司、芝加哥交響樂團、紐約大都會博物館、洛杉磯荷里活、矽谷科技等，都是私立的，機構的上層就相當於貴族，校監和校董是哈佛當之無愧的最上層。

哈佛聚首全球精英，也海納各行各業的有志之士。嘉賓們從世界各處前來，有著崇高的學術地位，有的出身於顯赫世家，或經濟顯赫，或政治顯赫，或血統顯赫。

崇高的學術地位，是為人類作出傑出貢獻的象徵；顯赫的世家，支撐主人有足夠的背景與社會各界往來。他們為學校捐資，拉贊助，召集人氣，組織活動等，以確保哈佛大學在全世界不敗的學術地位、政治地位，以及強勢的經濟地位。

為母校捐資，已成為哈佛畢業生的一個傳統，哈佛的資金很大部分來自校友和家長。一代又一代的哈佛人在學校獲取知識，畢業後又把財富反饋母校辦學。每年的畢業典禮，也是哈佛大學獲得捐款的重要日子。

巡遊隊伍一批一批地走來，每當一個院系出現，場面就雀躍起來。家長席上的親人看見隊伍裏的孩子了，隊伍裏的丈夫看見妻兒了。大家歡快地招手，歡呼聲一浪接著一浪。

老校友隊伍的到來，使會場再次沸騰。按畢業的年份出現，最早畢業的也是最年長的，他們走在最前面。我不記得最老的是哪一屆畢業生了，只記得有過百歲的，他們風度翩翩，氣質驕人，得到全場的敬意和喝彩。

壓陣的畢業生們滿身的朝氣。他們分院系列隊，博士生在前，碩士生和本科生隨後。醫學院、法學院、商學院、設計學院、神學院、教育學院等。

畢業生們得到老校友的熱烈鼓掌。新老學人，組成學校的過去、現在和未來。老一輩已經擁有一個豐碩輝煌的過去，新一代將擁抱一個繁花似錦的未來。

設計學院的隊伍出現了，丹曦和她的同學們來了。穿著學位袍，戴著學位帽，好帥氣，好漂亮！我發現丹曦在東張西望地找尋，終於我們的目光對接，大家招起手來。她興奮地叫爸爸媽

媽，當她走至離我們最近處時，她爸爸舉起相機，為我和她拍下一張隔著不少人頭的珍貴照片。(圖 16)

32 校長談使命

美國人大都率真樸實，不講廢話，不受套路的限制。哈佛畢業典禮上，第一位演講人是校監。校監用拉丁語講話，拉丁語不是人人都聽得明白，但是不要緊，屏幕上有英語翻譯。校監之後，才是校長講話。

2012 年哈佛時任校長 Drew G. Faust 女士，是一位傑出的歷史學家，也是哈佛二十八位歷任校長中的首位女校長、首位非哈佛畢業生校長。她從歷史的角度闡述哈佛人的責任，說：

「一個人生活和視野的廣度，決定他/她的優秀程度。哈佛人要裝備自己，要更加活躍於世界，要給世界留下遺產，要為創造人類美好未來肩負起責任，要對世界負責。你們不僅要對明天負責，還要對下個世紀，以至未來幾個世紀負責。你們要有擔當，不要計較回報和失去的價值，要想怎樣去尋找，去達到事業的目標。」

Faust 抬頭看了看當天明媚的天氣，繼續道：「我們不是因著波士頓的天氣來的，也不能沉醉在培養了七個總統和多少個諾貝爾獎得主的欣喜中。社會和歷史催促我們把門開得更大，步伐邁得更快。我們要力求對世界的政治、經濟、文化、科技產生重大影響。你們的未來開始了，從現在開始。」

校長的演講引人入神，用詞美麗，內容實際，令人鼓舞，贏得全場的敬重和欽佩，掌聲在圖書館外的草坪上經久不息。聽著演講，我想到曾在這裏讀書的一代又一代精英，比爾・蓋茨

(Bill Gates)、朱克伯格(Mark Zuckerberg)、基辛格(Henry Kissinger)等,還想到朱克伯格的太太是中國人,他是中國女婿。

講者中有一位神學院學生和一位 2006 年的諾貝爾獎得主。那位神學院學生為全體畢業生祈禱祝福。記得有一位講者說:「明天你們將服務自己的祖國,服務世界,將成為各行各業的領軍人。有的將為病人安牙補牙;有的將搏動世界經濟的風向標;有的將設計出著名的地標;有的可能成為某一新元素的發現者 …… 同學們,我將在母校靜候佳音,享受喜悅!」

最後,校長 Faust 按專業給畢業生頒授集體學位。在給設計學院的畢業生頒授學位時,她說:「我榮幸地授予設計學院的同學們碩士學位。」

學校大典之後,各個院系舉行個人畢業證書和學位證書的頒發禮。設計學院的院長為每一位畢業生頒發證書,每當一位畢業生走到臺上,臺下便響起雀躍聲和熱烈的掌聲。院長與每一位畢業生握手,為他們把學位帽上的帽穗從一個方向牽到另一個方向,祝賀他們學業合格,順利畢業,然後將證書放到學生手上;畢業生注視院長,感謝母校的細心培養。場面莊重、典雅、親切。丹曦後來說:

「每次面對穿博士袍的師長時,我就感到自己的學術之路還很漫長。」

典禮結束,我們走出會場,不時碰到丹曦的老師和同學,她大方地介紹:這是我的爸爸媽媽,這是我的老師、同學。一批批地相遇,交談,拍照,祝賀,大家依依惜別。晚上整理行裝,準備出發。畢業生將要離開母校,踏上人生的新征程。(圖 9)

二　打工篇

圖17 燕京餐廳

圖18 十九年後於波士頓重聚，與沈濟（右一）和鄒經理（右二）合影

33 打工之前

話說在美國期間三件感恩的事。

三十年前第一次到美國，初期在波士頓的「燕京餐廳」打過短工，當服務員。幾年前讀到一則北美新聞，驚聞燕京餐廳關閉了。燕京餐廳是哈佛大學的物權，創立於 1975 年 11 月 26 日，位於波士頓大學城的哈佛大學校園內。當年先生去哈佛大學做訪問研究，我和大女兒丹曦隨行。其間我們仨各幹各的事，先生做研究，丹曦上學，我則有意無意地先後做了三件值得感恩的事情，依次為：

一、到燕京餐廳當服務員，打工掙錢。

二、花錢報讀哈佛繼續教育學院的英語課程，提升英語能力。

三、孕育生產了小女兒。

這個順序是按時間排列的，如果按意義的大小排列，那麼順序就得顛倒過來，即：

一、小女兒的出生。她已經大學畢業，工作兩年之後再返校園讀書，再工作。孩子快樂，知禮，有愛心。

二、花錢報讀哈佛繼續教育學院的英語課程。在那裏學到的知識，我終身受用。

三、到餐廳打工掙錢。

順序雖然給顛倒了，到餐廳打工被排到了最後，可是打工這個環節，依然非常重要。改革開放初期的中國大陸人，太窮了，早年出國的我們以及前幾代中國人，都要幹打工那個行當，簡直不像現在的年輕人，都是帶著信用卡去的。

燕京餐廳之所以知名度高，原因有仨。

首先，是「燕京」二字，與哈佛大學的哈佛燕京學社（The Harvard-Yenching Institute）有兩個字相同。該社是哈佛大學與北京的燕京大學合作，致力於研究和推動東亞文明高等教育的機構，歷史悠久，功勞卓著，每年都接待一批來哈佛做研究的東亞各地學者，包括中國大陸、香港、澳門、臺灣、韓國、日本、越南等。

其次，燕京餐廳是哈佛廣場一帶的地標之一，也是哈佛廣場唯一的中餐館。餐廳的地理位置得天獨厚，即便一個陌生人從哈佛地鐵站出來，站在原地徑直望出去，也能很快定位到燕京餐廳的位置。

再者，餐廳的老闆龍繩德先生，是中國近代史知名人士龍雲的小兒子。龍雲，民國時期雲南省最大的軍閥、滇軍的高級將領、民國雲南省政府主席，先後主政雲南十七年。他堅持抗日，是中國著名的愛國人士。

龍先生精力充沛，待人和善，那時約六七十歲。閒暇時他常和我們聊天，講他的家族史，母親怎麼樣、生活怎麼樣、哥哥姐姐怎麼樣，也講他的父親龍雲的故事。龍先生經營有道，他的餐廳不算大，主打川菜、京菜、上海菜；餐廳佈局為中國風，在那裏工作能感受到濃濃的中國情懷。當哈佛的中國師生們不想吃西餐的時候，到那裏可以滿足味覺和情感的需求。

就餐者大多是喜歡中國菜的哈佛學生和教職員，包括很多研究中國問題的學人。燕京餐廳的存在，給哈佛的亞洲學生和學者們帶來了方便，是他們聚餐和聚會的好去處。（圖 17）

34 服務生團隊

在燕京餐廳工作，無論當廚師也好，當服務員或者雜工也罷，工作的穩定性較好，有安全感。龍先生對我們以禮相待，客客氣氣的，除非員工自己不做了，或因為重大失誤自己都不好意思做下去了，一般不會被炒魷魚。初期，我是服務員中唯一的川妹子，聽說那裏有服務員位置的空缺，經人介紹便去應聘。

那天我忐忑不安地去見老闆和經理，面試結束時龍先生說：「四川人和雲南人，都算同鄉人。」聽他這麼說，我感到親切，心裏頓時有了底，一顆忐忑的心放鬆了下來。

餐廳的大廚王師傅是餐廳的臺柱子，京菜、川菜、上海菜，樣樣拿手。說是中餐，其實都是美國化了的中餐，道地的中國菜在美國是很難賺錢的。廚房裏的幫手，多為廣東移民，他們不多言多語，幹活實在。

當服務員，我對這個團隊的是是非非，應該最有發言權。這是工作人員中最多的群體，大多是哈佛大學的中國大陸學生或者學者們的家屬，以女性為主。他們出國前大多都受過較好的教育，有相對於普通人更為優越的經濟地位和社會地位。在上個世紀的九十年代末，單單是出國，已經令人望眼欲穿，更別說是隨夫到哈佛。

到了異鄉的她們，放下夫人的身分，置國內白領身分不顧，謙卑地做起服務員或洗碗工的工作。服務員當中，也有少數出生本土的華裔。我們員工之間用普通話交流，吃中國餐，幹中國人熟悉的活，同事的文化背景相同。雖然身在異鄉，但我們沒有感到太多的不適，兩耳不聞身邊事，一心打工賺錢，只因太窮了。

有一點一定是大家的共識，在女人成堆的地方，出現欺生和你長我短的是非，是在所難免的，那叫不團結。服務員之間拉幫結派是常有的事，表面上不敢明目張膽，卻在私底下搞名堂，用一個英語詞匯來表達，叫 Gossip，牙尖。Gossip，雖然都是極小的事情，卻令人討厭、心煩、不順意。

記得剛打工幾天，一位姓 W 的漂亮女士跑到老闆和經理那裏說我的壞話，也不知道她到底說了些什麼事情，只知道待她說完之後，龍先生以一句「小冰工作很踏實，也能吃苦」作為回應，弄得她尷尬極了，沒有面子。精明人，精明過頭了，從此她不再和我較勁兒。根據龍先生的行事風格，我猜，他說那句話時，一定是笑瞇瞇的，說完之後，還可能有一個若有所思的表情。這事是很久以後，我都離開燕京餐廳了，經理鄒先生說的。

經理鄒先生是臺灣人，和藹慈祥，像個父親的樣子。他平時說話不多，卻在我們需要幫助的時候出手相助，令我們這些做員工的服服貼貼。我們一家至今仍與鄒先生保持友好關係，大女兒在哈佛大學讀研究生時，是他府上的常客。我每次重訪波士頓，不論什麼原因、時間長短，都會去看他。

35 工作與效率

打工者分兩種人，一種是生活所迫，例如沒有獎學金的，或者只有部分獎學金的；另一種是沒有生活困難的，純粹為掙錢。我很幸運屬於後者，先生的收入夠養家。只是那時的中國人很窮，一旦遇上掙錢的機會，都會動心，很難放棄。

餐廳服務員幹的是體力活，燕京餐廳生意好，服務員的工作強度大，很累。累，卻不希望老闆添人手，怕把小費收入拉低了。老闆也明白，除非影響到工作進度，否則不加人。三十張餐桌，每一班三個服務員，每人負責十張。記得每到就餐時間，我們就嫌棄飯廳小了，裏面坐滿，外面還排隊。

我們在飯廳與廚房之間來去匆匆，送水、上飯菜、上飲料，同時眼觀六路耳聽八方，隨時注意顧客的需求。服務員都精明能幹，無論在家多麼嬌氣，到了那裏，姿態大變。上崗前，我們稍微有一些培訓，姿勢要美，動作要敏捷。滿廳堂的客人，服務生卻稀少，但是一旦有客人舉手，服務員馬上到來。那種效率，呵，在國內時沒有見過！進餐者大都有較好的素養，懂禮貌，尊重人，整個飯廳就算滿位，也清清靜靜，秩序井然。

早上提前半小時到餐廳，做衛生、燒茶水、擺餐檯，各就各位，準備開門。早餐的款式簡單而固定，沒有選擇。午餐晚餐的菜肴上百種，我們為客人點菜，講解中餐特色，回答疑問。服務時，不一定是大大的笑臉，但一定得體、真誠。

美國人不吃味精，他們對味精過敏，點菜時總有人特別提醒「不要味精」(without MSG)。剛開始我心裏納悶兒，吃了又怎麼樣？直到有一天，一個客人的情況讓我領會。

「菜裏有味精，你看。」她說，指向自己的面部。果然，她臉色發紅，眼瞼下的肌肉在跳動抽搦，表情煞是奇怪。我心裏緊張，趕快問：

「您沒事吧？」

「只是有一點小緊張。」

「能為您做點什麼嗎？」

「不要緊，一會兒就消失了。」她反倒安慰我。

我將此事告訴大廚王師傅，王師傅說沒有放味精，或許哪個調料裏含有少量。一定是這樣，中餐嘛，難免。我想。

每天忙完午餐後有一兩個小時的閒暇時間，我們稍作休息，有時也幫廚房包餛飩、摘四季豆。餛飩皮是現成的，肉餡是廚師調製的，至今我仍能熟練地包上海餛飩。此時是一天中最輕鬆的時段，大家嘻嘻哈哈，回味在國內生活，自嘲初到美國時出過的洋相，分享在異鄉的生活經驗，探討怎樣使用公共資源，也憧憬不太明朗的未來。

高效率的打工經歷，很能改變人。後來我們輾轉於幾個地方，有一陣子住在成都。那時國內的生產效率還比較低，一到餐廳吃飯我就觸景生情，希望國內的管理再規範一點，服務效率再高一點，服務員端盤子的姿勢再美一點、從容一點。打工，還讓我學會了尊重服務生，對他們笑，對他們說「謝謝」，假如在國外，不忘給足小費。

打工雖然辛苦，心中卻有盼望，那是我青春的一部分。

36 收入與小費

服務生的收入主要靠小費，另外每天由老闆發基礎工資十美金。說起小費，還得談談我們的幫手，在廳堂負責收盤碗的雜工，英語叫 Busboy 或者 Busgirl。

服務生要開口說話，不求英語水準有多高，但求能表達，聽得懂，能應付自如。而收盤碗的雜工則不用與客人交流，不懂英語都能做。雜工的收入來自服務生小費總數的百分之十，折算下來只是我們收入的一半，可是幹的活，卻比我們辛苦得多。有一位從國內頂級樂團來的小提琴手，在波士頓一所音樂學院讀碩士，由於沒有獎學金，他非打工不可。他來應聘時，由於餐廳沒有服務生的空缺，只能當雜工收碗盤。看見他將沉重的碗盤端上端下，雙手沾著剩湯剩菜，我心酸極了，為他感到無奈。那原本是一雙尊貴的、應該呵護的、拉弓觸弦的手啊！

每天打烊後的一刻，最能彰顯我們當天的工作價值。當小費盒子底朝天地往桌子上一扣，紙幣和銅板兒一股腦兒滿桌子滾的時候，我們圍桌而坐，清點起小費來。各種零散的錢幣，「Nickels」、「Dimes」、「Quarters」、「One dollar」、「Five dollars」、「Ten dollars」、「Twenty dollars」等（美金中各種面值的名稱），我們按幣值的大小清點歸類，之後拿去收銀處，換成大額紙幣，將小費的百分之十先分給雜工，之後我們再分配。每人每天收入六七十美金或者七八十美金不等，按照上個世紀九十年代初的水準，我們很知足，那是淨收入，甚至不扣除在餐廳吃飯的飯錢。有生以來第一次，我體驗到多勞多得的好處，錢包開始充實起來，有了分量。

小費通常是餐費的百分之十五，由客人自願提供。燕京餐廳的進餐者大都有良好的修養，能按比例將小費留在餐桌上，或者寫支票時一併加進餐費。也有個別不給小費的食客，主要是一些新移民和不懂習俗的外國遊客。即便如此，當他們再來時，我們還得為他們服務，不示意規矩，顧及餐廳的名譽，堅守自己的尊嚴。

記得最多的一次小費，是來自四川省省政府某個廳的幾位出差官員。那天本不該由我管理那張桌子，同事說「那張桌子的客人是你的老鄉，你去吧」。這是我們的潛規則，服務熟人，小費要好得多，哈哈！我用家鄉話招呼我的老鄉，大家便親熱起來。有一位先生是熟人，我認出來了，他當年從四川涼山到省城的一所學校讀書，畢業後留在省廳機關工作。我感覺他也認出我了，就在我對他稍加注目之時，他一個不經意的轉身，打消了我欲上前打個招呼的念頭。是哦！不必相認。那天他們的餐費是七十來元美金，卻給了一張百元鈔，並附上一句「不要找零」。這麼多的小費，許是他的關照？還是他們統一的意思？還是我的服務質量確實值那個價？

小費，在國內從來沒有聽說過的事物，在異鄉成了我的工作常態。

37 我的同事們

打工雖然辛苦，卻能催生打工者積極向上的奮鬥精神，能煥發想改變現狀的熱情，同時也獲得交友的機會。

許莉，一位漂亮的四川自貢女人，她在我之後來燕京餐廳當服務員，是我工作中唯一的老鄉，我們很快成了朋友。許莉出國前是國內一所重點大學的教師，在外的四川人幾乎都勤勞、踏實、本分、守法，我倆沒有給「川妹子」這個稱號丟臉。

在孕育小女兒的初期，我仍然在打工。餐廳的有些工作由服務生輪流做，例如管理茶水，用水桶盛水，並提起來倒進鍋爐。輪到我負責的日子，許莉搶先幫我完成這個環節。生孩子後她送來醪糟，那是我們四川產婦必吃的美食。我一看見就激動起來，醪糟在美國稀罕昂貴，得開車到中國城去找。許莉一家後來定居美國，丹曦在清華大學讀書時，有一段時間恰逢她陪先生到清華訪學，其間我曾專程從香港飛往北京探望他們。

沈濟，一位男服務生，北京人，從小移居美國。這是一位很明白事理的男人，瞭解美國社會，該做什麼不該做什麼，樣樣心中有數。那時我們從不太發達的中國來到發達的美國，物質環境和意識形態產生極大的變化，也面臨極大的挑戰，還真需要這樣一位熱心的當地通指點迷津。

沈濟分享在美國過日子的經驗，這點很重要。怎樣和車行的 Dealer 討價還價，買東西怎樣識別條碼，給國內親人打電話選擇哪一家電信公司省錢，在銀行的什麼櫃檯辦理什麼業務，等等。諸如此類，大事小事我們都會在午餐後的閒暇時段向他諮詢，他也樂意幫助大家解決問題。誠信、厚道、踏實，和他交往十分愉快。2012 和 2013 年兩次回訪波士頓時，都得到他的熱情款待，他請我們吃波士頓大龍蝦。

龍先生是我的恩人，他人善良，幫我不少，但是因著老闆和打工仔身分的迥異，離開後覺得不便聯繫。鄒經理與我先生同姓，總是以長輩的身分關照我。

還有餐廳的小妹妹沈葉，在我們離開之前，她專門騰出一天的時間，開車帶我們到還沒有去過的地方，陪我們去買小女兒的物品。還有小鄧，都快生孩子了，還挺著大肚子給我送來自己烹製的上海熏魚，我將小女兒多餘的衣物留給她，她很樂意接受。那時候的我們，生活中遵循一個原則，能省就省。

大廚王師傅值得一提。他看大家辛苦，經常在不過分的情況下，用老闆的食材，辦好我們的職工餐。離開美國之前，我去和大家告別，王師傅過來悄悄對我說：

「小冰，我給你做了一個菜，待會兒讓許莉給你，今晚你不用做飯了。沒事的，我會告訴老闆。」

我明白那是免費的，老闆的食材，王師傅的心意。我把從國內帶去的烹飪書「家常川菜」，以及一包朋友送的正宗郫縣豆瓣送他，王師傅當寶貝似的。願王師傅的手藝節節高，願餐廳的生意更火紅。（圖 18）

38 打工後續

從燕京餐廳打工掙來的錢，先生說：「把你掙來的錢，拿去報讀哈佛繼續教育學院的英語課程吧。」「好啊！」我說。後來我們的小女兒出生了，不久，我們離開美國輾轉於其他地方，之後定居香港。

大女兒於 2010 年被哈佛大學設計學院錄取，她重返波士頓，實現了心中的嚮往。她在那裏讀書、學習、生活、交友，並獲得學位。小女兒 Joy 受姐姐的影響，也選擇學習設計專業，就讀於港大，之後任職於美國 SWA 洛杉磯分公司，在那裏工作了兩年，再重返校園，去密西根大學讀建築設計研究生。眼下的孩子，想從事什麼專業，簡直不需要當父母的指手畫腳，我們什麼事情都管不了。

在我離開燕京餐廳不久，許莉一家去了華盛頓，並在那裏定居下來，2012 年我去探望他們一家，華盛頓郊外的房子，大大的，周圍綠樹成蔭，環境優美。沈濟一邊打工一邊讀書，學計算機專業，並且順利畢業，獲得學士學位，之後去了波士頓一家 IT 公司當電腦工程師，去年傳來佳音，他的大兒子從哈佛大學本科畢業，被一所醫學院錄取。小提琴手也離開了那裏，不再做那份委屈雙手的工作，聽說畢業後發展不錯。W 女士隨她先生離開波士頓，到了另外一個州，之後的情況不清楚。小鄧很能幹，生了三個兒子，與學核物理專業的先生經營了一家農場，生意做得紅紅火火。小妹妹沈葉也辭工了，轉而讀書去，學護理，畢業後在波士頓一家醫院工作，護理一職，在美國極受歡迎，畢業學生供不應求。

幾年後，王師傅患病去世。鄒先生退休，周遊世界，好幾次到中國，每次到來我們都有一聚。龍先生年紀大了，退休了，燕京餐廳繼而由李先生經營，他只當名義上的老闆。2012 和 2013 年兩次重訪波士頓時，我看見的燕京餐廳，門面依舊光鮮，門庭依然若市。

突然間，哈佛大學的學生報 *The Harvard Crimson* 報道：在哈佛廣場營業長達四十年的燕京餐廳 Yenching，於 2015 年 11 月 29 日晚貼出告示，宣佈永久性關閉。消息令哈佛人不捨和遺憾，經濟學教授格里高利 · 曼昆（N. Gregory Mankiw）說，他以前經常帶學生去燕京餐廳吃午餐和晚餐：

「我光顧它幾十年了。我會懷念它，懷念它美味的宮保雞丁，懷念它賓至如歸的感覺。」

一名華裔蕭姓學子說：「聽聞燕京餐廳關閉，感到心疼。在哈佛讀書四年，每當想念家鄉美食時，就去那裏吃一頓。」

有老校友追憶燕京餐廳開張時的情景，七九屆的格羅西（Marina E. Grossi）說：

「燕京餐廳剛開張那會兒，同學們可喜歡去了。午市的自助餐，供應許多有意思的中式美食，價格也實惠。」

燕京餐廳永久性地關閉了，從此哈佛廣場少了一個地標，哈佛人少了一個就餐選擇地，中國學人則少了一個碰面交流的好去處。

三　採風篇

圖19　與 Jean 交換孩子

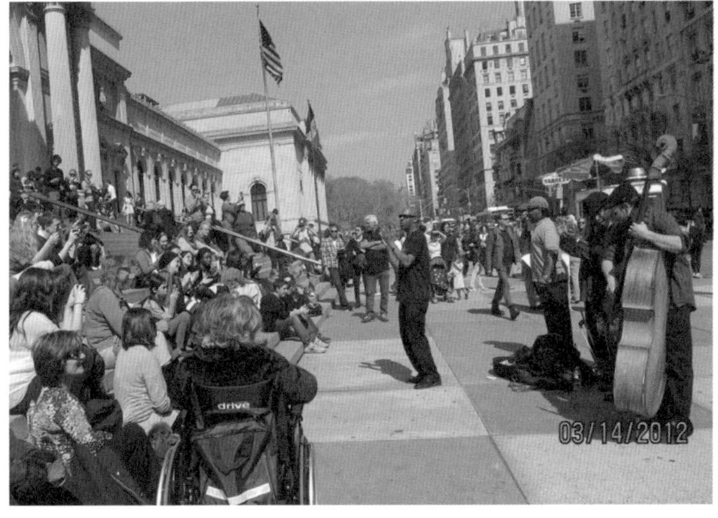

圖20　紐約大都會博物館外的表演

圖21 遊覽華盛頓DC，遠處是白宮

圖22 聖塔菲一角

圖23 聖塔菲的這家大餅曾登上《紐約時報》

圖24 在聖塔菲

圖25 與翁航深夫婦在新墨西哥灣

圖26 小女兒 Joy 上密西根大學之前

39　赴美觀時差

提起時差，你大概會想到中學的地理課，想到「倒時差」、「你們的早上是我們的晚上」之説。長途旅行者要面對倒時差，要適應白天黑夜的轉換，少則三五天，多則十天半月也不夠。

2013 年 5 月 23 日，我從香港出發，經首爾轉機飛往芝加哥。飛機上我堅持不打瞌睡，持續觀察窗外的變化，於是看見了晝與夜的轉換，時差為我所驚喜。隨著飛行中時間空間以及經度緯度的轉換，晝與夜的交替竟然如此奇妙。

我讓手錶保持北京時間不變，00:45 從香港起飛，是黑夜；04:25 到達首爾，是黑夜；11:40 從首爾起飛，是白天。這期間黑夜和白天的現象，無可挑剔。但是接下來的景象，如果不説出來，就可惜了。

飛機一路向東飛，飛向太平洋、加拿大、美洲上空。右邊是南，左邊是北，17:00 天色開始轉暗。由近至遠的南邊，色彩呈淺灰色，灰色，深灰色，淺黑色，黑色，直至遠方黑得看不見。由近至遠的北邊，色彩呈灰色，淺灰色，粉紅色，鮮紅，一線藍天，光亮，越遠越亮，直到天際線上的白天。

天黑得好快！半個小時之內成了黑夜。兩個小時之後，北京時間 19:00，天空開始發亮，亮得好快！黑夜説走就走，白天説來就來，瞬間即大白天，那個夜晚短暫而匆忙。急速的黑白轉換，連乘務員那句該有的「天黑了，請拉下窗簾」都沒有説，就白天了。19:30，是香港的掌燈時分。

太陽往西下，飛機朝東飛，兩者反其道而行之，加速了白與黑的進程。從 17:00 至 19:30，這一天，我只經歷了兩個多小時的黑夜。我不是第一次乘坐越洋飛機，卻是第一次觀察到時區的轉換，它這麼奇妙，為我所見。

鄰座是一對白人父女，他們也被空中的景色所吸引而無睡意。那父親看上去知書達理，當女兒因美景興奮不已時，他用天文地理知識給她講解，詞匯涉及時差、南極、北極、北極光、冬季短、夏季長、夏季短、冬季長等。

飛機繼續向東飛，天一直亮著，進入美洲大陸上空了，下面不再是海洋。從一萬多米的高空俯瞰，大地是黑褐色和白色，是森林、土地、湖泊、河流和尚未消融的積雪。

在北京時間 23 日的 23:25，經過十三個多小時的飛行，我到達芝加哥。在連續經歷了十一個小時的白天之後，我將繼續迎接另外八個小時的白天。

「我該睡覺了。」見到丹曦，高興之餘我睡眼惺忪地說。丹曦抓起我的手腕，看看時間，說：「媽媽，快把指針調一調，現在是芝加哥的 23 日上午十點鐘，是我們的幹活時間。」

和中國一樣，美國經度長、緯度寬。全國分四個時區，當東部的人吃午飯了，西部的人才吃完早飯；當西部的公雞才叫早，東部的人已經在上班的路上。時差產生視覺差異，改變人的作息規律。

從香港到芝加哥，時差十三個小時，手錶的指針往後撥十三個點，生命就延長了十三小時；下次返港時再撥回來，又扯平了。手在動，心在想，不經意又多了一件趣事。

40 低碳生活的先驅

除了印第安部落的原住民，美國還有一些人日子過得低碳，崇尚簡單生活，講究環保節能。他們不看電視，不用交流電，出門騎單車，拒絕部分現代物質文明進入生活，且樂在其中。當中包括精英階層、接受過高等教育且擁有令人羡慕的社會地位的人。丹曦的上司，一位大公司主管，為了環保堅持不開車；老朋友 John 和 Jean 夫婦的生活，更是不可思議。

John 和 Jean 都有高學歷，一個在科研機構做研究，一個是大學畜牧獸醫學教授。他倆的生活方式是現代人的另類，用我的眼光看，環保過頭了。結婚時，外交官背景的女方家，送給兩人一個位於偏僻山上的小牧場，在那裏，他們自己動手，建成一座小木屋，一住就是多年。

簡易狹窄的公路，單行道，石子路，曲曲彎彎。汽車盤山而行，車上五人，John、Jean 和我們夫妻，以及繈褓中的小女兒 Joy。樹木蔥蘢，空氣清新，汽車在一座小木屋前停下來。

環境幽靜得令人著迷，如果不是那條簡易車道，説它與世隔絕也在理。一座小木屋、一個堆砌在山崖邊的石頭羊圈，遠處山巒起伏。

紫紅色的木屋，藤草伸展至屋子的臺階下，又橫著爬上了木牆，野花開得磊磊落落。用沼氣馬桶替代抽水馬桶；用太陽能電源替代交流電。鄉村生活的不便之處，完好保留了下來，鄉下看起來很鄉下，山野看起來很山野。

木屋不大，一樓是客廳、飯廳、起居室、小廚房和一個簡單的洗浴間，燒水、做飯、洗浴，用沼氣爐。二樓是臥室和書房，如果不是那些桌椅、書稿、電腦，你根本不能說他們是現代人！跟物質繁榮的現代文明相比，那裏不太適宜人類居住，我想。

「像我們這樣生活的人，在美國還不少，日子過得簡單。」John 說。

「春夏季，我們享受美好風光。冬天如遇大雪封山，上山下山是一大挑戰。」Jean 接著說。

一會兒，我們走到屋外的階梯上，Jean 指著對面山上道：

「那是我們的鄰居，另一對像我們一樣生活的夫妻，他們已經有一個孩子了。」順著她的手勢，我果然看見樹林間一座隱隱約約的房子。鄰居！這也叫鄰居？兩處之間的距離，我琢磨下山，過溝，上山，要兩個小時吧！

「眠眠眠！」羊圈那邊傳來羊兒的叫聲，Jean 說：「去看看我的孩子們吧！」

羊圈裏有六七隻羊，是從事獸醫專業的 Jean 養的。羊兒走向女主人，Jean 抱起最小的一隻，撫摸牠，對牠笑，和牠說話。

「我可以抱抱牠嗎？」我羨慕地問。

「當然可以！」

「呀！我們交換孩子！」Jean 說。

她輕輕放下小羊，接過我懷裏的小女兒；我學著 Jean 的姿勢接過羊兒。羊兒在我懷裏溫順的任我撫摸，那是我第一次抱起孩子般大小的羊兒，母愛得以延續。

該下山了。Jean 看我們依依不捨，說：

「孩子太小了，沒有條件留你們過夜。下山住我父母家吧。」很不捨地離開那裏。當晚我們住進一個寬敞、應有盡有、擁有高度物質文明的家庭。

低碳生活，他們早走了我們好多年的路。(圖 19)

41 享受信任

順利到達紐約，找到第五大道（Fifth Avenue）上的中央車站（Grand Central Terminal），從那裏乘火車去康涅狄格州的格林威治小鎮（Greenwich），看望喬治和海倫夫婦。站在售票窗前，我得意了，挺能幹的，第一次來紐約就沒有走冤枉路，轉來轉去還挺自如。

掏出眼鏡又掏錢包，買了車票，到月臺上車。

中央車站好大好複雜，上層下層，車道林立，到同一個目的地，不同的車次從不同的站臺開出。我小心謹慎，避免搞錯任何一個環節，再次慶幸自己沒有出錯。

上車了，問題來了。我正想取出書和眼鏡準備閱讀，這才發現眼鏡沒了！我一下傻了，幹什麼事情不需要眼鏡？思索片刻我堅信，忘在車站的售票窗臺上了。

乘務員檢票了，他笑容可掬地一路走來。

「我把眼鏡忘在總站的售票處了，想看書了才發現。眼鏡對我有多麼重要，您知道嗎？」我對乘務員說。我沒有同伴可以傾訴，向他說說，希望獲得他的建議。我小心謹慎地選詞，結果還是說成了反問句。他認真傾聽，打量我一下，之後聳聳肩搖搖頭，表示遺憾，繼而轉身，隨即又回頭。

「為什麼不回去找找？」他問道。

此時他的一個同事走過來，聽了我的情況，作了一個鬼臉，說：「依我看，事情不一定很糟。你可以在下一站下車，再搭回程的車去找。試一下，祝你好運。」

他們沒有給我的車票打孔，這表示我可以繼續用那張車票乘另一班火車。我迅速收拾攤開的書，在下一站下了車，穿過地道，走到鐵路的對面站臺。短途列車往來頻繁，我很快登上一列反方向列車。

「你有車票嗎？」這班列車的乘務員走來，也是笑瞇瞇的。

「是的，先生。」我又描述我的窘況，同時出示那張尚未打孔的車票。「我要返程，回總站，試試運氣，看能否找到我的眼鏡。」我以為他就要在上面打孔了。

「沒問題，祝你好運！」他還是不給票打孔，甚至不看一眼。怎麼這麼靈活！這麼信任人！這麼善解人意！不怕我是說謊逃票？我心裏嘀咕著。

到站了，我回到那個窗口，還是那位黑美人。我向她問好，說明來意，問她是否還記得我。

「什麼顏色的眼鏡盒？」她問。

「綠色。」

「是這個嗎？」她拿出我的眼鏡盒，笑了，我也笑了。

謝過黑美人，我拿著眼鏡衝去月臺，登上一趟去同一個目的地的列車。還是那張票，第三次上車，這次沒有理由不給打孔了。

要坐車就得給錢，或者說坐了車就該給錢，這是天經地義的事。但是他們急人所難，酌情處理，認真地傾聽，坦誠地信任。對陌生人不懷疑，不猜忌，這種態度在現今社會已經越來越稀奇。這事令我終身難忘，他們的信任給了我幸福感，比起那張車票的價值，不知貴了多少。

互相信賴，坦蕩地過日子，天高雲淡的心境，曠達的人生態度，人若失去這種幸福，那真是虧大了。信賴是提升工作效率和幸福生活的基石。若要提防這個提防那個，光是想一想都難受。

42 紐約的高線公園

紐約的高線公園（High Line Park），它不像中央公園（Central Park）那樣氣勢磅礡，逢人便知，它只謙卑地蜿蜒伸展，沿路把自己的歷史展開了又合攏，合攏了又展開，向人們講述自己的過去、現在和未來。

「媽媽，到了紐約別忘了去看看那一條高線公園。」行前，丹曦說。

「公園，怎麼叫一條？用詞不當啦！」我說。

「你先看吧，過後我們再討論量詞的使用問題。」

高線公園位於曼哈頓西區，是一條高五米、長約兩英里，窄處三四米、寬處五六米的線型空中走廊。它原本是一條貨運高架鐵路，連接肉類加工區和貨運港口。上世紀八十年代初，隨著最後一列裝載冰凍火雞的貨車駛過，鐵路光榮退休，從此成為鐵路部門一個被荒廢的爛攤子。一個爛攤子，誰都嫌棄它，嫌棄它留在那裏扎眼。曾經有人提議撤除它，只因為有志之士的強烈反對，才保留下來。

不知過了多久，廢棄的鐵路搖身一變，身份被童話般地轉換成一個充滿創意的、令人嘆為觀止的公園，成為紐約的地標之一。從此熱鬧起來，魅力十足地被人們當成藝術品來欣賞，還被園藝界、工程界、節能領域、舊物重建部門，當作典範來推廣。

高線公園分階段向市民開放，一開放便出乎意料地受歡迎。沿著公園漫步，途中所見，一會兒飲料店，一會兒露天咖啡廳，一會兒啤酒花園。有的路段面朝大海，視野遼闊；有的路段蜿蜒優雅，盡顯流失的歲月。兩邊的長廊、老式樓房、動感街景，在不經意中被結合得協調悅目，讓行走在上面的人，在欣賞它今生的同時，也聯想到它的前世。

公園改造時，設計師大膽地保留了一段縱橫交錯的鐵路，以此賦予遊人對歷史的回憶。一片密密叢生的野花野草，被特意留了下來，行走在花草中，荒蕪感在心中產生。光源被隱藏在膝蓋以下了，從高處俯瞰，線形的光源成韻律地延伸，使本來就流暢的高架公園，看起來更流暢。

三月中旬的紐約，寒意尚在，色彩也略顯單調。遊人穿著大衣戴著帽子在上面走路，在座椅上聊天，在荒蕪與繁華之間來回。上一年的野草已經枯萎，草甸在不寬的公園裏佔了一席之地，淺黃色的，在陽光的照耀下閃出柔光。植物有的是栽種的，有的任其自生自滅。青草尚未發芽，花蕾初含苞，我想，若是到了暖春，一定是另一番美。

來高線公園散步的人，以當地居民為主。是的，高線公園在紐約真不算一個驚天動地的項目，它建在空中，源自廢舊。它的特色在於，紐約人沒有拋棄它，且融會貫通地利用它，讓它煥發二次青春造福人類，正如中國古語曰「鳳凰涅盤，浴火重生」。

舊物新用，類似的故事香港也有，例如「大館」。香港是一座老城，有太多的歷史建築等待保護活化。高線公園的經驗不能照搬，但是可以借鑒。

「你是對的，那公園是一條，不是一座。」從高線公園歸來，我打開網絡給丹曦留言。

43　小心騙子

華爾街（Wall Street）證券交易所，是世人心中財富的象徵，那裏的大亨撥動世界經濟的風向標，也指點各國的資金流向。在其不遠處，有一座鍍金公牛雕塑，它體態豐碩、雙角向天、躍躍一奔的姿態，常年聚集人氣。各國遊客為了沾財氣，去與它拍照，擰它的角，抱它的頭，摸它的屁股。拍照者大多是有色人種，特別是中國人，同胞們大都捨得花時間去排隊留影。

留影完畢，懷著發財夢離開公牛，走向不遠處的碼頭公園。那裏，總有一個瀟灑英俊的青年在來回踱步，他身披美國國旗，手持自由女神像，眼觀六路耳聽八方，笑容可掬地邀請遊客與他合影。

那是一個拍照的好角度，風景秀麗，視野開闊，海鷗飛來飛去，隔著海峽可見遠處的自由女神像，目之所及，均是美國特色。我擇椅而坐，欣賞美景，也順便看看那位美男子將怎樣為人民服務。

兩位中國女士走過來了，從公牛像那邊而來，穿的和挎的，都是名牌，無可置疑是遊客。二人歡歡喜喜地走向年輕人，向他打招呼，與之合照。年輕人二話不説，張開雙臂左擁一個右擁一個，準備拍照。二女士請我幫忙，我接過相機，三人照二張。當後一個快門按下去後，年輕人伸出手來，用英語和生硬的普通話嚴肅地對她們説：

「十美金一個人。」

突如其來的角色轉換，兩位女士始料不及，瞠目結舌地你看看我，我看看你，又看看年輕人，滿臉迷惑地說：

「不是免費的嗎？沒有收費標識，我們以為免費。」

「No！No！十美金一個人。」他重複道，語氣咄咄逼人。

「可是拍照之前，你沒有說要收費。」

「No！No！十美金一個人。」他大概只會這一句中文。

那是他的地盤，你能怎樣！女士掏出錢包，按要求付款，之後才被放行。

時值中午了，我取出包裹的三明治和巧克力，一邊吃一邊看，一個把小時的光景，客源一批批地來，又一批批地離開，都是亞洲人。源源不斷的美金，他一次次地裝進衣袋。

旅遊景點和交通要道，永遠是各國騙子開展業務的樂園，到繁榮的地方行騙，越是富有的地區，騙子的智商越高。在紐約，坑蒙拐騙的案例並不少見，強賣CD的、用電影角色引誘拍照的、佯裝盤纏用完討旅費的、請善者帶路洗劫的、魔術表演行騙的、兜售假票的、賣熱狗不標價吃完才宰客的，華人地區有的騙局，紐約也有。

紐約，遊客不請自來的地方，發達、繁榮、富有是她的代名詞，天堂、嚮往、享樂是她的關聯詞。再具體一點，是大都會、百老匯、華爾街、中央公園，都是現代文明的象徵。紐約人大都誠實、友善、樂於助人，但是「有遊客的地方就有騙局」，這裏不能例外。

臺灣有電信詐騙，韓國有「閨蜜門」，歐洲有扒手，香港有

A 貨，內地有食品作假，等等。缺心眼兒的事不是一個地區的特產，上網輸入關鍵詞，跳出來的案例令人咬牙切齒，「天堂」也不倖免。

44 貧窮族群待救濟

有一部美國電影《勇氣》(*Courageous*)，講述警察怎樣對付非洲裔青少年的犯罪行為。據載，2016 年芝加哥有 4,300 人遭槍擊，700 人遇難，案件主要發生在市區南部的非洲裔聚居區，那一帶有著名的芝加哥大學。

這種事中國人是很難理解的。中國的名校附近，大都是高尚住宅區，在名校周邊買房子，是身分的體現，會引以為尊、為榮、為貴。當一所名校形成，四周的學區房建立，窮人搬出去，富人搬進來，房價噌噌噌地往上漲。

美國不一樣，不是每一所名牌大學都像哈佛和麻省理工那樣治安良好，環境得天獨厚。不少名校周邊的犯罪率出奇地高，單單以東部為例，耶魯大學、哥倫比亞大學、芝加哥大學、約翰霍普金斯大學，這些響噹噹的大學，周圍的治安也不太好。

這些大學周邊是龐大的非裔貧民區，是美國的下層。藍領多，收入低，工作不穩定，居住環境差，後代受教育程度低。常見流浪者徘徊街頭，席地而睡，當中有不少幹打砸搶掠的孩子，他們大多缺乏親情滋養。在芝加哥大學，連十字路口也經常有人犯案，警察必須不斷巡邏。

這種現象遍佈美國各大城市，包括首都華盛頓 DC。參觀位於康州的耶魯大學的一幕還記憶猶新。那天我們參觀完畢，正查看地圖研究返程路線，一位非裔男士出現。

「你們去哪裏？我為你們帶路！」他一邊説一邊拉開我們的車門，準備上車。就在我們考慮怎樣應對時，一位女警察出現，她叫停了男士的行為，又向我們詢問情況。

「有事找警察，不要隨便讓陌生人上車，很危險的。」警察女士告誡道。

羅斯福（Franklin D. Roosevelt）曾經説「美國是一個先驅國家」。坦率地説，那裏的先驅和興盛不能泛指，必須規範領域，不能一説起文明世界，就聯想她的方方面面都文明。近幾十年來，美國在諸多領域走在世界的前沿，科技先進，工業發達，言論自由；多數美國人憑勤勞賺錢，不論身分貴賤，只要努力，就能積攢財富，改變命運。這不是一個嫌貧愛富的國家，尊重有本事的人，出身在什麼家庭不要緊，身價低的也有出頭機會。

就業平等給少數族群帶來發展機會，卸任總統奧巴馬（Barack Obama）、前國務卿賴斯（Condoleezza Rice）、鮑威爾（Colin Powell）等，他們通過努力改變了命運。國民中自我奮鬥的例子很多，網絡上有一個帖子，講述比爾．蓋茨之女的樸實生活，家庭富有並未成為她勤奮上進的障礙，富翁的孩子也自食其力。

林肯總統（Abraham Lincoln）當年帶領美國人打贏一場南北戰爭，解放了黑奴。那場戰爭已經過去一百多年，作為美國社會的下層，非裔貧民仍然是一個龐大的群體，與社會的進步形成反差。父輩貧困，孩子受教育程度低，後代要靠自己改變貧窮，很難。

要改變非裔族群的貧窮狀況，美國政府要走的路還很遠，且步步艱辛。

45　紐約的蘇州園林

紐約大都會博物館（The Metropolitan Museum of Art），根據場館的條件和使用要求，為自己量身訂做了中國庭院「明軒」。

和 Joy 一起去參觀這個博物館，她看畫太仔細，站在一幅畫前半天不動，如果想與她同步，我得非常耐煩。於是告訴她：「我先去中國庭院『明軒』了，在那兒等你。」

參照十足的古典蘇州園林風格，「明軒」模仿蘇州「網師園」殿春簃小院而造，因為以明代為基調，故取名「明軒」，一磚、一瓦、一木全都來自中國。明式的門廊、牆壁、色彩以及佈置，加上工作人員的中國面孔，參觀者沉浸在強烈的中國文化氛圍裏。

佔地面積二百三十平方米，內有月亮門、假山、池沼、亭子、曲廊，也有花草、山石、竹木和魚池，是中國古典園林的典範。「明軒」佈局緊湊，院落疏密有致、情趣自然，站在任何一個角落拍照，都是效果極佳的美圖，都可以成為一張絕美的中國畫明信片。人在裏面，只覺得身在蘇州，心在華夏，處處感覺到親切和熟悉。「明軒」是中國園林的首個出口工程，是中美文化交流的中方使者。

有美國人評價，「明軒」的工藝品質量，達到了中國人自豪的標準，亦達到了大都會博物館的藝術水準。「明軒」經常接待美國要員，建館初期，時任總統尼克遜（Richard Nixon）前去視察，完工後又去參觀。館內的黃花梨明式傢具，是大都會博物館拿得出手的珍藏。

那天，偶然碰上一個美國中學生參觀團，都是洋人面孔，由兩位老師帶隊。一位老師繪聲繪色地講解，學生們聚精會神地聽。孩子們看似尚未接觸過中國文化，他們看見什麼都饒有興趣，中式院落和傢具，傢具上的雕刻藝術和繪畫。中國藝術確實有別於他們的藝術，一邊聽，一邊看，一邊做筆記，估計他們將有一篇心得或者觀後感之類的文章要交，就像當年我們的語文老師，每次帶大家出行，都是有的放矢。

「明軒」賦予我一種錯覺，一種置身於母國的錯覺。這種錯覺還迸發於各地的唐人街、中餐廳、中國超市、中式建築。好比説，在中餐廳吃飯時，吃著中餐，看著那些中式傢具和水墨畫，聽著黑頭髮黃皮膚的服務員説普通話，便以為自己置身在中國了。

把中國的古代文明呈現給美國人，把美國的現代文明傳播給中國人，你來我往，人類發展的步伐會邁得更快。我想，不是每一個中國人都能接受美國文化，也不是每一個美國人都喜歡中國文化。但是，一旦他們認識中國，就不會抗拒這個古老的東方文明。

參觀博物館，要先看熟悉的、易懂的、喜歡的、能產生共鳴的，其次才看經典的、著名的、深奥的、沉悶的、高大上的。如此這般，你才能看得懂、被打動，並且與之交流。

走出中國館，視覺立即產生地域差。黃皮膚陡然減少，白皮膚陡然增加，還有黑皮膚、棕色皮膚等，我定一定神才回到現實，否則一時還真不知道自己是身在中國還是美國。(圖 20)

46 兩百年與五千年的對比

紐約大都會博物館，這個名字很響亮，根本不用文物部門印多少宣傳單張，只憑參觀者口口相傳，已經讓世界遊客不請自來。

位於中央公園旁的大都會博物館，與倫敦大英博物館、巴黎羅浮宮並稱為世界三大博物館。是收藏五大洲文明，匯集世界文物精華的巨大寶庫，名家的作品幾乎不缺，包括梵高（Vincent van Gogh）、莫奈（Claude Monet Monet）、畢加索（Pablo Picasso）等，都是真跡。

中國館的文物一萬多件，件件都是中華文明的藝術精品，算瑰寶。文明古國的隨便一片瓦礫、一個石器、一塊布，到了這個只有兩百多年歷史的國度，都令他們刮目相看。展品從商朝的青銅器，戰國的木俑，北魏的銅像，到唐代的冥器、陶製牛車，宋代的木雕觀音像，以至清代的乾隆畫像等都有。

館內最為震撼的，當屬來自山西省洪洞縣廣勝寺的大型壁畫〈藥師佛佛會圖〉，博物館為壁畫量身訂做了展廳，那是全館最大的展廳。

在館內我看見一對父女，那女孩像個小學生。

「美國的歷史有多久？」那父親問道。

「兩百多年。」女孩敏銳地回應。

「中國的歷史多久？」

「不知道。」

「五千年。」

「五千年？」女孩驚訝得眼睛瞪得忒大，張開的嘴巴好一陣子才合攏，她大概以為那是天方夜譚。聊著看著，父女倆走向展品，閱讀說明，一唱一和，聲情並茂，情景非常溫馨。看得出來，那女孩對中國古文明的崇敬之情，正在心中萌發。

大都會博物館的門票價格自定，那天我們忽略了這個細節，Joy 直接去售票窗買票。看她是個學生，售票員提醒道，「學生可以選擇購票或者不購票」。於是我們只買了一張成人票，又象徵性地投了點錢在募捐箱。自己買票，自覺買票，如果囊中羞澀，也可以不買，他們好像只管傳播文化。

從一個展館到一個展館，邊走邊看，累了就坐會兒，即便坐下來也是滿目的珍寶。一時間我感到資訊來得太多太快，應接不暇。中國的這些寶貝，原來都在這兒啊！我開始有了想法，想到它們的出生地、它們的前世今生，還想到它們是怎樣穿越時空來到美國的。

這是一個有不同答案的問題，有人說是驕傲，有人說是恥辱。說驕傲的人認為，這是外國人對中國文化的認可；說恥辱的人認為，這是霸權、侵略、淩辱的結果。解釋分不同的地區、時代和人物，就像英語裏的「Where」、「When」、「Why」、「Who」。

就文物本身而言，我想，能夠完好地保存人類文明，或許才是最重要的。博物館辦展覽，不需要花太多的錢，卻影響大、效果好、易接受，是傳播異文化的極好方式。親臨觀賞展品，即便在電視上已經看過無數次，驚喜依然在心中湧現。

收穫滿滿地走出博物館，已是下午四五點，廣場上有表演，臺階上坐了好多觀眾。找個空位席地而坐，我們一邊吃乾糧一邊看演出。幾個南美人正在表演他們的傳統打擊樂，很有激情，煽動性很強。那是另一種文化遺產和傳播方式。

47 多功能圖書館

「有空嗎？明晚圖書館有一個派對，我們一起去。」曉娟在電話上邀請，她是本地人。

「當然，一定要去。」我帶一份麻婆豆腐，她帶一份涼拌雞絲，我們便從容地去吃飯。

香港人的盆菜，四川人的打平伙，西方人的派對，都是聚餐方式，活動要麼在家裏，要麼在餐廳，要麼在郊外。在圖書館，我是第一次經歷。

美國的圖書館，除了可以閱讀、借書、還書，更像一個聯絡場所。娛樂、聚會、講座、公益，社區的事幾乎都在圖書館展開；孩子放學了父母不在家，去圖書館；老人寂寞了想找人說話，去圖書館；家裏暖氣設備壞了，去圖書館很暖和。圖書館就像催化劑，把人融入當地社會。

這是波士頓劍橋城一個社區圖書館舉辦的派對，邀請轄區所有的街坊參加。我們遲到了，到達時大家已經開吃。會議室的桌子擺成一個大大的長方形，七八十人圍桌而坐，好一派溫馨場面。

波士頓居民以白人為主，那天有兩三個黑人和我們幾個亞裔黃種人。黑人和黃種人的參與，為派對注入了色彩，場面顯得更加多元。館長是一位中年女士，見我們到來，她上前打招呼，看我是新朋友，就說「有新朋友，太好了，歡迎您」，又問我從哪兒來。館長的話使我感到欣慰，我說：「謝謝您，我從香港來。」

席間，館長給大家傳遞社區情況，說當晚除了誰和誰去了歐洲，誰出差尚未返家，能來的都來了。她說的是家常話，聽了使人感到溫暖。我喜滋滋的，一下子心情變得隨和起來。舉辦派對，旨在為鄰居創造交流感情、和睦相處的機會。

大盆小盆、熱氣騰騰的食物，端來一起吃，都是主婦們自己烹製的，有的就是一家人當晚的便餐。意粉、麵包、沙拉、煎餅、烤肉、甜點；還有包子和春卷，大概這兩樣來自中國家庭。

那天我們帶去的涼拌雞絲和麻婆豆腐，極受歡迎，很快就消掉一大半。我心裏暗喜，沒想到那些老美還挺能吃辣，可見川菜在美國的受歡迎程度。

有一種薄餅香、脆、酥、滑，口感極好，是誰家的傑作？我很想給正在趕功課的丹曦帶回去一點。派對結束時，館長請大家把剩餘的打包帶走，我竟然真的拿了兩塊。

取了餐具和食物，找到空位坐下，便和鄰座嘮起來。他們之間都是熟人，鄉里鄉親的，你家的花園連著我家的菜園，他的閨女是她兒子的同學，連狗狗們都是玩伴。

聊著，知道鄰座是一對意大利裔夫妻，他們多年前到麻省理工讀書，之後留在波士頓工作。那位夫人說：

「意大利家庭和華人家庭有很多共同點，例如老少住在一起，很大的家。」

「是啊！家庭觀念非常強。」我說。但是沒有告訴她，傳統正在變異，中國的家庭結構正在趨於小型化。

我欣賞美國的圖書館，數量多、功能多，是居民的書房、孩子的樂園、長者的休閒地，是聚會碰面的好去處，還是家庭婦女交流廚藝的課堂。

美國的圖書館是地標，是城市文化符號，是居民好大的一個家！

48 摘枇杷，思為人

「水果王國」指的是加利福尼亞州。從洛杉磯北上至優勝美地（Yosemite），四五個小時的高速路，兩旁遠近全是果園。行距的間隔足夠寬闊，便於能把機器開進去整枝，施肥，採摘；光線充足，透風性好，太陽大大方方的照耀，加上西部的空氣乾爽，氣候得天獨厚，利於栽種果樹。

加州缺水，一個多月沒有下雨了，果園依然鬱鬱葱葱。微風吹過，碧綠的樹葉發出嗖嗖的聲響，在陽光下閃著銀光，果園風貌無限好。

果農們看似商量過的，種葡萄的只栽種葡萄樹，目之所及都是葡萄架，幾十平方公里的果園，好像是一整塊地，中間無間隔；種蘋果的又清一色只栽種蘋果樹，幾十分鐘的車程樹種不變。成片地栽種，莊園式的佈局。

上次拜訪 Daisy 時，她家的枇杷樹、桑葚樹、檸檬樹尚未掛果。這次她在電話裏說：

「枇杷已經熟透了，給你們留了些，你們來自己採摘吧。」

「盼了很久了。」我說。

五年不見面，那天她的第一句話是：「先去後院，把桑葚和最後的枇杷摘了！」

後院裏，除了原有的枇杷樹、桑葚樹、檸檬樹，又新增了橙樹、桃樹、蘋果樹。果樹靠邊而植，中間的草坪坦坦蕩蕩。籬笆外是雜亂的灌木，那裏常有野兔出沒，如果眼福夠好，見到一隻野狼也不是什麼稀奇事。

Daisy 家的果樹實行「一要三不」原則，要剪枝，不澆水，不施肥，不用藥。在原始的狀態下自生自滅，只是到了收穫的季節，他們才去採摘。加州居民大都在院子裏栽種果樹，幾棵或一片不等。說來也是，生活在水果王國的人如果不作為，就對不起大自然。

桑葚樹長得矮小，易於採摘，烏黑的果實軟軟的，已經熟透了，她家的桑葚摘下來可以直接入口，我一邊摘一邊吃。摘枇杷的難度要大得多，那是一棵高大的老樹。Daisy 說：

「今年已經摘了一批又一批，季節快過了，留下這最後兩枝，等你們來動手。」

我興致勃勃地爬上一根樹杈，摘下四周的枇杷，又將高處的樹枝使勁往下壓，樹下的 Daisy 時而伸長手臂，時而踮踮腳，時而跳一跳，努力抓住壓下去的枝杈，把上面的果實摘下來。不一會，除了頂部的幾顆奈何不得，整棵樹的果實差不多都被採摘乾淨。

過期採摘的琵琶，有的乾癟了，果皮發皺；有的成了深棕色，失去光澤，形象欠佳。我將那些靚麗的裝進籃子，將那些醜陋的、乾癟的、不討人悅目的扔進土裏。

「別丟！味道美著呢！你嚐了就知道了。」Daisy 把我淘汰的枇杷撿起來，又順手遞給我一粒醜陋的，說：「嚐一嚐。」

我撕開深棕色的果皮，裏面的果肉黃澄澄、金燦燦、水汪汪。那是我記憶中最美味的枇杷，它不像超市的果子那樣碩大、美麗、光鮮，但口感卻是無與倫比的純正。

我想起許地山的美文〈落花生〉，文中他教導兒女們做人的道理：「它矮矮地長在地裏 …… 雖然不好看，可是很有用。人要做有用的人，不做只講體面，而對別人沒有好處的人 …… 」

49　媽媽用語

兩件小事發生在加州的優勝美地國家公園（Yosemite National Park）。

「媽咪，你看！」爬山途中，一個男孩對媽媽說。循聲望去，說話的是一個五六歲的男孩，他牽著四五歲的大妹，他媽媽牽著三四歲的二妹，他爸爸肩上坐著一個更小的，好溫馨的一家人，一看就生愛慕之心！

男孩叫媽媽看的，是不遠處的另一個家庭：四口，媽媽牽著七八歲的哥哥，爸爸肩上坐著五六歲的弟弟。男孩媽媽大概明白，兒子可能想說「那個爸爸肩上的男孩，和我一樣大」。媽媽摸摸孩子的頭，說：

「Jack，我們好感謝你幫我們帶弟弟妹妹。你是一個了不起的大哥哥！」她肯定老大的付出，向他說謝謝。那位媽媽的積極話語，加深了母子情，兒子明白了父母對他的認可，得到鼓勵。

換個方式，假如他媽媽說「如果他有了弟弟妹妹，也會和你一樣，沒那個待遇」，那事情就糟透了！這個媽媽說話親切、溫暖、充滿愛，她的兒子令人省心、有責任、有擔當。孩子將是一位君子，我想。

孩子在家能享受的待遇，取決於排行，而不是年齡的大小，無論生了兩三個還是五六個，最小的那個始終得到最多的照顧。而最大的，六七歲也好，三四歲也罷，就得擔當哥哥姐姐的責任。大的照顧小的，小的照顧更小的，愛心和責任在不經意中建立起來。

我們和我們的祖輩，都是這樣過來的，兄弟姊妹之間互相稱呼「張老大」、「王老五」、「李七」、「趙十妹」。年少時我被姐姐管著、愛著、心疼著；之後兩個弟弟又被我管著、愛著、心疼著。你管我，我管你，我們就長大了。

在公園的觀光車站等車，旁邊有四口之家，爸爸、媽媽、姐姐、妹妹。那個姐姐不時拍一下妹妹，之後又轉身躲起來。幾個回合下來，妹妹煩了，向媽媽告狀：

「媽咪！Jessie 打我。」

「如果你不把這事當回事，就不是一件事。」那媽媽捋一捋小女兒額頭上的頭髮，輕輕地說。稍許之後，趁妹妹不在旁邊，她又對大女兒說：

「她不喜歡被人碰，你就別碰她。」

睿智的女人！她沒有迴避，更沒有兩個一起罵。著眼於解決問題，她趁機培養小女兒大度寬容的情操，又讓大女兒學會怎樣體會別人的感受。以平淡的語言、溫和的語氣，把孩子之間的矛盾處理得遊刃有餘。我想，這個媽媽帶出來的女兒，將來一定「站有站相，坐有坐相，吃有吃相」，一定君子好逑。

女人一旦當了媽媽，母愛和責任感便在血管裏沸騰、燃燒，直至生命的盡頭。撫育後代，延續生命，因孩子的存在而存在，人生就有了希望。然而，帶孩子的最大學問，不是管他們吃好喝好玩好，而是教育。前者人人都做得到，後者則不一定都做得到、做得好，也不是想學就學得會。

想到那個六七歲、小小的大哥哥要管妹妹，看到我家二十出頭的小女兒還被姐姐愛著、管著、提醒著，心中便覺得，這是一樁有趣的事、溫馨的事！

50 美國女人，香港女人

美國女人和香港女人，最大的區別在於什麼？在於美國女人會直截了當地告訴你「全世界最帥的男人是我先生」，而香港女人很難說這種話。美國女人還會說「我欣賞老公會修車、會登山、會打球、會蓋房子、會擺弄電器」，而香港女人，這些事只在心裏想一想。

從優勝美地返回洛杉磯的途中，我們在一家叫「Slim' s」的墨西哥餐廳停車午餐。剛坐下，我的目光即落在對面的角落，那裏五個美國女人圍桌而坐，一邊做手工一邊聊天，偶爾你看看我的織法，我看看你的圖案，非常優雅。

「去找她們玩呀！你不是喜好那玩意兒嗎？」外子鼓勵道，他知道我一見這種場面，就心生參與的激情。

「Hi！我是小冰，來自香港，也喜歡手工。」我過去打招呼。

「Hi！小冰，我是 Cindy，我喜歡香港。」

「不過我的作品拿不出手，不像我的朋友巧巧，織什麼，成什麼，像什麼。」我又說。

「我和女兒去過香港，那裏像紐約，高樓林立，車水馬龍，充滿活力。」Cindy 接著說。我和她們聊起來。

她們是一個手工興趣小組的成員，每逢週六聚會，一起午餐，AA 制，餐後要一杯飲料，便沉浸在手工製作的情趣中。交流心得，分享生活，和香港女人一樣，她們聊天不涉隱私，沒有張長李短。

長長的毛線在手上輕盈地走動，如行雲流水，線的一頭纏在指尖上，另一頭纏在旁邊的線團上。織品色彩淡雅，款式大方，沒有大紅大綠。

「這是一件披肩，給我女兒織的。」Cindy 介紹她的織品。

「我的是一頂斗笠，準備給朋友的母親，一個日本女人。」Tonia 說。

Mary 在給孫女織裙子，快完工了。Sue 鉤製的是一件裝飾品。

「我織的，是一頂給化療病人專用的帽子。」Linda 說。

對了，Linda 和 Cindy 的事跡一定要提一提。Linda 是一名護士，基督徒，業餘時間參與一個名為 Knots of Love 組織舉辦的慈善活動。Knots of Love 意為「連接愛」，或「愛心結」。那是一項為化療病人獻愛心的活動，給康復期間的病人織帽子。用自己的錢買線，一批一批地織成後，無償地捐出去。她參與這項活動多年了，成品最多的一年織了一百一十八頂，去年八十頂。聽著聽著，我想，織一頂兩頂，拍個照，留個名，一定有人做。但如此這般地耗時間費精力，長此以往，支撐她的一定是大愛，是基督的大愛！

Cindy 是早年美國 IT 界的一名白領，在一家大公司擔任要職。退休後，因著優勝美地良好的自然環境，她從三藩市搬到這裏定居養老。雖然年歲已增，卻仍從容、淡定、豁達。她喜歡閱讀、做手工、旅行，計劃要走的七大洲，已經完成五大，「剩下的澳洲和南極洲，正等待我的光臨」。Cindy 具有堅韌不拔的精神，三年前她因腎衰竭，做了換腎手術，康復後，揚起人生的另一艘風帆，她把一個腎衰竭女人的生活，過得有滋有味。

做手工，都是些雞毛蒜皮的事。忘了是誰還說了一句「最美麗的孩子，永遠是自己的孩子」。「香港女人也這麼說」，我告訴她們。

51 「自然保護」的發祥地

美國收門票的人，似乎工作都不太認真，例如博物館的看門人，參觀者愛給多少給多少，如果囊中羞澀也可以不給。

加州的國家公園，門票收取按車輛計算，不按人頭計算。門票從購買之日起，七天有效，可以多次出入。優勝美地國家公園，一部車收門票二十美金，一個人也好，五個人也罷，一口價。徒步者成人十美金，十六歲以下免費，公園內沒有其他雜費或娛樂收費。只要有公路，遊客的車就可以開去，開到景點面前也是可以的。

到達公園，已經差不多傍晚了，賣票的人下班了。沒人賣票，我們只好免費進入，大大咧咧地把車開進去。

美國人喜歡優勝美地，勝過中國人喜歡黃石公園。其實這是兩個特色各異的國家公園，黃石以豐富的溫泉、火山地貌、地熱資源，以及種類繁多的動植物聞名；三千來平方公里的優勝美地，是以瀑布和原始森林著稱。這裏地勢高，落差大，到處是秀山秀水、濕地森林、河流峽谷、奇峰異石，稍微認真一點，也要玩上兩個禮拜。

四月的優勝美地，寒冷已去，炎熱未至，冰雪消融了，嫩芽初上可見，到處有銀白色的瀑布。公園就是公園，我欣賞那裏單純的自然景觀，沒有廣告和標語，沒有小販擺地攤，不允許乞討者賣藝，總之，沒有任何商業活動。一兩個連鎖超市，只賣食物、紀念品、旅行用品，質量和價格與景區外的大型連鎖店基本一致。

有幾個景點，樣子長得極像四川香格里拉的亞丁風景區，我們曾經在一個深秋去亞丁，那裏的濕地、草甸、溪流，與這裏是同一個美態。是優勝美地複製亞丁？還是亞丁複製優勝美地？兩者的區別大概只在於，亞丁在海拔四千三百米以上，欣賞草原景觀的同時也領略高原風光，並承受缺氧的困擾；優勝美地的圖奥勒米草甸，海拔僅二千六百米，氧氣充足，遊客稀少，不熱鬧，也沒有高原風情。

「國家公園」這個概念源於 1864 年。為保護「優勝美地」公園，時任美國總統林肯，將其劃為自然保護區，並設立美國第一個州立公園，以後升級為國家公園。因此，這裏成為自然保護運動發祥地。1984 年，聯合國教科文組織將其列入《世界自然遺產目錄》。2006 年，優勝美地與中國的黃山風景區結為友好公園。

不知道你是否相信，被稱為「彈丸之地」的香港，三分之二的土地其實是郊野公園，處於未開發狀態。港人雖然居家不寬敞，卻讓大自然坦然自在，自然保護區的比例，在世界大都市中是上乘！享受現代文明，也謹記保護環境，每逢假日，深圳的不少白領過來，牽線似的走進郊野公園，搭帳篷露營，起篝火野炊，都有賴於香港的生態保育。

秀山秀水要慢慢看，細細品。山峰是怎樣一個美法，瀑布有沒有三千尺，這個景區與那個景區有什麼相同點和不同點，走著，看著，想著，就有了心得。

52 自助酒店很自在

公路彎彎拐拐，曲徑通幽。天黑了才到達住處，在加州優勝美地編號為「Alpenglow 2」的木屋前停車，木屋獨立而居，兩個車位，夠一家人使用。沿木臺階而上，在門前按下自己設定的密碼，門開了。公園很大，若非自駕或跟團，到來很不方便。

自助酒店的一切都自助，適合樂於自己煮食的人。沒人為你服務，像家又不是家，卻樣樣順手拈來。這喚起了我對臺灣花蓮「留山」民宿的記憶，那天酒店老闆來電道：「大門小門都沒有上鎖，你們自己去，房間很好找。晚上我回家住，明早來給你們做早餐。」

今天這裏也差不離，只是用自設密碼而已，比臺灣民宿還進了一步，畢竟已過五年了。

該有的都有，沙發上擺了男女各一的兩條披肩。客廳和房間夠大，如果擠一擠，住七八口人也是可以的。暖氣在我們到來之前已經啟動，四月的山地，還是需要的。

廚房裏，爐子、碗櫃、刀具、洗碗機、微波爐、烤箱、保鮮膜，以及洗衣機、乾衣機、熨斗、吸塵器等，該有的都有。

就像從超市回家，打開自帶的旅行冰箱，把食物放進廚房的冰櫃。只是把火鍋端上桌時才發現，忘了帶中餐的筷子，我們用刀叉吃了一頓火鍋。

餐桌是一段剖成兩半的大原木，椅子是一段完整的小原木，浴室的牆面地面用鵝卵石鋪設。貌似原始，沒有什麼裝飾，與窗外的野趣相輝映。原始中，找到了現代人必需的網絡，輸入密碼，聯通了互聯網。

出門倒垃圾前，看見桌上有出行指南，讀到「晚上勿將垃圾放入室外的垃圾桶，以防熊、狼、兔等野獸前往覓食……」時，我們決定放棄倒垃圾，不必冒險。

早晨醒來發現，這是一片以高大松樹為主的森林，松樹枝杈離地十米以上，以下絕無旁枝，樹齡該有幾百年了。遠處朝陽斜射林間，通紅，慢慢地，從通紅到緋紅，又從緋紅到泛白。森林裏的日出，為此行增加了看點。

我對森林有著特別的感情。年少時因為一些原因，我們家在四川涼山的谷堆林場生活過。那是一個原始森林，正被砍伐，剛到時我感到四周清幽得可怕，後來熟悉了，加上年少，膽兒大，竟可以獨自在森林裏從這家走到那家。林區有一條小溪，蜿蜒流淌，層次感極強。那是一個獲取靈感的地方，當時不覺得，因為沒有遊山玩水的概念，「旅行」之說是後來才有的，那裏的景致，真是白白地美麗著。

下樓走一走，拐個彎，是木屋 Alpenglow 1。房客是三口之家，女人在倒垃圾，男人在啟動車子，兩三歲的兒子在車前轉來轉去，他們準備出門了。

「你想到車上嗎？」男人問兒子。

「No！No！」孩子一口拒絕，以示他對那狹窄的空間不感興趣！

互道早安後，男孩攤開他緊握的小手，告訴我們：

「我找到一塊岩石！」

「真漂亮！」丹曦回他道。

三天後離開木屋。行前收拾房間，歸順物品，把洗碗機裏的乾淨餐具放進碗櫃，把空調關閉，把小費留在桌上。謝謝服務生，祝下批遊客旅行愉快！

53 理想的首都

單就城市而言，可以把上海比作紐約，把香港比作三藩市，但是不能把北京比作華盛頓 DC（簡稱 DC）。DC 又名華府，是美國的政治文化中心，而北京則是中國的政治、經濟、文化、藝術、軍事、體育等諸多領域的中心。

經歷了史上的戰亂、蕭條和恐怖襲擊，DC 的人口至今也只發展到六七十萬。她的政治氛圍濃郁，主要有政府機關、博物館群、紀念塔、大學、使館、研究院、大公司，以及一些國際組織的辦事處如國際貨幣基金組織、世界銀行等，到處可見穿戴花花綠綠的使節人員。

DC 的建築物不允許高過地標，即華盛頓紀念碑（Washington Monument）。因此在 DC，隨處可以舉目看碑。國家廣場（National Mall）寬闊雄偉，那是我見過的最大的廣場。國會大廈（United States Capitol）、華盛頓紀念碑、林肯紀念堂（Lincoln Memorial），三座標誌性建築從東到西構成一條中軸線，提醒人們美國重要的人和事：立法機構是國會、首任總統是華盛頓（George Washington）、廢除奴隸制的是林肯。三者之間，是博物館群。

國家廣場是重要的政治場所，是舉行國家大典、重大遊行、偉人演說的地方，就像北京的天安門廣場。遊 DC 的重頭戲是參觀國會大廈，大廈從前可以免費參觀，或者在網上預約門票，或者在國會山遊客中心現場領票。進入大廈過安檢時，箱包被翻得底朝天，食物飲料不得入內，沒有行李寄存處！

中國人在 DC 最感動兩件事，首先，是華盛頓紀念碑內牆上的一塊紀念石，它由中國清政府贈送，刻文是「華盛頓，異人也。起事勇於勝廣，割據雄於曹劉……」。刻文由大清國浙江寧波府鐫，在咸豐三年六月初七，由基督徒立碑。再者，就是林肯紀念堂的林肯坐像後方的題詞:「林肯永垂不朽，永遠活在人民心中」。題詞讓人想起天安門人民英雄紀念碑上的「永垂不朽」、「永遠活在人民心中」。

參觀韓戰紀念碑（Korean War Veterans Memorial）時，中國人和美國人各有心情。在那裏，美國人紀念美國軍人，中國人想到抗美援朝中最可愛的人，黃繼光、毛岸英等。懷念英雄，各國人民用同樣的話來表達。

站在遠處的柵欄後拍兩張遠鏡頭。白宮是新古典建築，白宮二字可指美國政府，好比說「白宮宣佈，胡錦濤將訪美」，是指美國政府的決定。我們遺憾 1995 年訪 DC 太倉促，到了國會卻未參觀白宮。那時的參觀手續簡單，甚至可以當天到白宮外排隊領號。現在太難了，美國公民得向各州參議員申請預約，且難以獲准；外國公民得向本國駐美使館申請，很多使館根本不提供此項服務。

DC 不怎麼好玩兒。2012 年與丹曦重遊時，曾見街上一個女人牽著一條導盲犬，犬脖子上掛的牌子寫著「Don' t pet me, I' m working」（別找我玩，我在工作）。

「首都有點嚴肅，連狗都嚴肅。」見狀，我說。

「不知道是否『團結』，至少不像紐約那麼『活潑』。」丹曦道。

作為首都，DC 值得稱道的是她不追求大而全，少了大城市的都市病，例如人口爆炸、環境污染、交通阻塞、水資源缺乏。DC 是一個理想的大國首都。（圖 21）

54 快閃紐約中央車站

「你不妨提前兩個小時到達中央車站，到處看一看，如果不看，就虧了。」我要到紐約中央車站轉車，丹曦提醒道。

在一個不起眼的入口處，我傻傻地站著，如果不是牆上小小的門牌號，誰會相信裏面藏有著名的紐約中央車站！位於曼哈頓中部，緊靠第五大道，它沒有磅礴的大門，沒有橫標和題詞，甚至不如一扇平常的小學校門，太不招眼了。

進入站內，視野突然開闊。車站有四十四個站臺，六十七條車道。車道建在地下，分上下兩層，上層四十一條，下層二十六條，每天到站離站的列車，高達五百班次，往來人次約五十萬，繁忙時七八十萬，這裏是紐約的交通樞紐。

車站的神秘之處不在它的大小，而在它的秘密。說是秘密，其實早已曝光，早已被人們饒有興趣地流傳，否則，我也沒有資格在這裏侃侃而談。

秘密之一，浪漫的「吻室」。上個世紀三四十年代，從西海岸到東海岸的火車甚少，人們旅行艱難。乘客們，包括不少政要和名人，到站後來到吻室，與迎接他們的親朋好友擁抱接吻，第一時間感受紐約的浪漫。吻室至今尚存，是中央車站的特色之一。

秘密之二，火車的開車時間永遠比時刻表上的時間慢一分鐘。好比說，時刻表上告訴你六點，實際是六點過一分鐘才出發，說是如此可以讓乘客稍微悠著點。四面鐘坐落大廳中央，它做工精巧，是車站的寶貝，注目它，知道還有幾分幾秒開車。

秘密之三，站內有許多秘密通道，密道建在原本就處於地下的月臺之下。戰爭年代，為了躲避記者，羅斯福總統曾經從密道進出，搭乘電梯，直接進入一個叫華爾道夫的旅館（Waldorf Astoria Hotel）。

除了這些，車站的其他特色還有回音廊、錯誤的星座圖、藝人的精彩表演、只進不出的《紐約時報》回收桶，等等，都非常吸引有心人。

除了提供交通服務，中央車站高貴的藝術典藏也令人非常側目。售票大廳本身就是一座藝術宮殿，懸掛美國國旗，以大理石鋪地，空間高深而寬敞。大廳兩邊的拱門平臺，造型像巴黎歌劇院。站在平臺上，人的藝術想像力應景而生，繪畫、雕塑、造型以及往來的人群，恰似一齣動感的歌劇。

車站建於上個世紀初，由鐵路大亨范德堡出資興建。中央車站的建成，帶動了附近大型建築的興起，飯店、豪宅、名店、辦公大樓，一座座拔地而起，昂貴的曼哈頓區隨之形成。據載，歷史上鐵路公司為了興建辦公樓，曾計劃拆除車站的部分建築，只因當時的第一夫人積琪蓮．甘迺迪（Jacqueline Kennedy）強烈反對，才得以保存。1983 年，中央車站被列入美國歷史文物保護名冊。

一百多年來，紐約中央車站歷經滄桑，但是任由時代怎麼變遷，車站始終不顯破敗，始終如紳士淑女般地高貴。作為交通樞紐，它的黃金時代長盛不衰，至今也是紐約最重要的地鐵交會站，是美國最繁忙的火車站。也因著中央車站的建成，曼哈頓享譽世界。

55 吃中餐，話「三國」

康州的格林威治小鎮，唯一的中餐廳取名「湖南餐廳」，喬治和海倫是那裏的常客。

喬治和海倫很有中餐口福，他們不像很多白人那樣，一吃中餐就這樣過敏那樣過敏，味精、小麥、海鮮、豆製品，甚至米飯。他倆能適應各種口味的中餐，清淡鮮嫩的粵菜、低糖低鹽的士大夫淮揚菜，以及麻辣奔放的川菜和湖南菜等。

每次我們到來之前，他們總會在電話上問：

「最近兩天吃的是什麼飯？西餐還是中餐？」如果知道我們連續幾頓都吃西餐時，便會早早在「湖南餐廳」訂位，準備為我們解饞。「湖南餐廳」的老闆娘很會做生意，很會籠絡人心，也很能沒話找話說。每次見面她都會說：

「老鄉，好久不見了。喬治和海倫總提起你們。」

她給我們講喬治夫婦的故事：「喬治對用餐的朋友說：『這裏賣的是中國南方菜，這一道是小炒牛肉，那一盤被命名為麻婆豆腐，因為創製它的陳女士臉上有麻子……』」

因著喬治對《三國》故事著迷，老闆在牆上掛了一幅「三顧茅廬」水墨畫。她說：

「老美對『三顧茅廬』的故事陌生，感興趣的會問：『這畫是什麼意思？』此時如果恰逢喬治在，我就請他作答。於是喬治就會饒有興趣地講歷史：『很久很久以前，有一個皇帝和一個智者……』他還會強調，這是中國的一段史事，不是虛構的小說。」

在中餐廳吃飯，話題離不開中國。那天海倫問我一個問題：「好像很多中國人覺得他們的日子會越來越好過，是嗎？」

「是的，他們對未來充滿希望。」我脫口而出，那是上個世紀末，如此說沒有誇大其詞。

「墨西哥人與此相反，他們覺得日子將越來越差，拚命存錢，為不確定的未來積攢一點。」海倫感嘆道。

聊到這裏我突然想起，去年參加一個中學同學會，大家聊起下一代時一致認為，年輕人用錢瀟灑，從不考慮未來。我告訴海倫這個現象，她回應道：「這說明他們看好未來，不需要攢錢。」他倆很熟悉中國，和他們打交道心有靈犀，一點就通。

喬治是一個中國通，他從上個世紀八十年代初就開始關注中國。好比說，美國人在三十多年前說起中國，大概有百分之八十的人只知道北京、上海、廣州；知道成都、西安、洛陽的有百分之十五；知道深圳的只有百分之五。而喬治那時對深圳的瞭解，已經涉及到小漁村、邊境、走私、香港人到廣東辦廠等。遇見他們真是「人生多閱歷，生活多啟示」。

他們的生活中有很多中國元素，客廳裏掛著劉備、關羽、張飛的標準畫像，用古色古香的明式傢具，裝飾櫃上擺著四川竹編工藝品。不知道他們對多少美國人談起過中國，大概受他們影響的美國人，都瞭解一點中國。

於中美的民間交往中，喬治一家無疑是友好的典範。我曾經被人問起：「如果交朋友，你最想交什麼樣的人？」「懂你的文化的。」交朋友如此，搞外交亦如此。關於喬治和海倫一家，真是有好多故事可講。

56 人類朋友豈止貓狗

「寶貝，這裏很危險啊！」光看文字，你會以為這是大人在對孩子說。不是的，是人說給野鹿聽的。海倫打開車窗，對正在馬路上漫步的兩頭野鹿說。野鹿瘦瘦的，一大一小。聽到車上傳來聲音，也不知道牠們是聽懂了還是沒有聽懂，反正就慢條斯理地調整路線，走向路邊，走了兩步又轉過頭來，與我們對視一下，溫溫順順的，讓人好生疼愛之心。

小區有野鹿出沒是平常的事。動物越來越精，在公路上不慌不忙地漫步，知道人們不會對牠們怎麼樣。一個地方，如果人與動物相處到了這個份上，是很愜意的。

從康州格林威治火車站出來，風光美不勝收，樹林、池塘、小徑，處處天然畫廊。四五月份，新英格蘭地區冰雪消融，氣候轉暖，成群的加拿大鵝飛來，在這裏有吃有喝有玩，一住就是大半年。如果遇上一個暖冬，鳥兒們甚至二三月份就遷來，藍色的天空任其翱翔，到處是湖泊。

帶點麵包去池塘邊，一坐就是半天。麵包自己吃，也餵鳥兒，岸上有人類，水裏有大鵝，陸地上有野兔、野鹿和松鼠。用一個流行詞匯來形容，叫「和諧」。這裏的人很能與動物相處，在高速路上相遇了，再急也要以禮相待，減速或停車為其讓路。

不少駕車人喜歡和動物說話，稱牠們「親愛的」、「乖乖」、「寶貝」、「甜心」。這種事情從前我聽說過，覺得很美好，但是沒見過，一旦見了，就覺得「和諧」。海倫説：

「每天和動物你來我往，已感到牠們是生活的一部分。如果哪一天不見牠們，反倒覺得生活不完整。」

人類的朋友豈止貓狗？「畜生」一詞有沒有貶損和輕蔑之意？上帝創造宇宙時，除了創造人類，也創造虎、蛇、豺狼、烏鴉、獅子，以及雞、鴨、豬、娃娃魚、穿山甲等，牠們被創造，是有道理的。

科技進步促使社會發展，人有錢了，追求的事物也多了，但是你得科學地生活。生活不必過度追求，不必過度猜想；野生動物來之必捕，捕之必殺，殺之必吃，這些行為要不得！

科學實驗告訴我們，要善待動物、善待環境，才有利人類的生存環境。不花錢的東西才是最好的，陽光月夜、青山綠水、藍天白雲，上帝的恩賜就是長壽的主因。春天去郊外踏青，夏天在樹林乘涼，秋天觀秋色，冬天看雪。又或者，逗逗孩子，玩一玩貓兒狗兒，看一本好書，品一杯清茶，與朋友叨叨往事，都是極好的享受。

我喜歡看香港米埔濕地公園的黑臉琵鷺，那是一種全球瀕危物種，郊野公園的猴群和野牛也很好看。《頭條日報》報道，全港現有麻雀三十一萬隻，平均每平方公里一千三百多隻。這是觀鳥協會組織六百多名市民參與調查的結果，調查還記錄了麻雀的生活習慣。該協會高級研究主任彭俊超呼籲市民，要學習與鳥的共存之道。

港人重視生態保護，一點不輸給歐美。

57 與浣熊為伍

與 Joy 到喬治和海倫家，那天一進客廳，Beth 就說：

「今晚你們得先住兒童房，明天才能搬回客房住。」

通常，我們會先被帶到樓上的客房，安頓好行李才下樓與大家敘舊。我不明白這次為什麼要先住兒童房。

Beth 是喬治夫婦的女兒，很久不見了，聽說我們要來，趕回娘家住兩天。她告訴我們當晚只能住兒童房的理由，我聽懂了大概，但是不明白她說的「Raccoon」是什麼意思，Joy 也沒聽懂。看我們一臉的茫然，Beth 比手畫腳又說一遍，我們還是不懂。之後她突然靈機一動，跑去書房，抱來一本英漢詞典，翻給我們看。這下明白了，「Raccoon」是浣熊。

事情是這樣的，客房的閣樓上有隻浣熊進來了，一到半夜，上面就吵鬧得沒法讓人睡覺。專業人員明天才來處理，因此當晚客房不能住。

「好啊！挺好的！」我答道，客隨主便。

可是 Joy 卻另有所想，她打從聽說閣樓上有動物就興奮起來，並表示想住客房，看浣熊到底怎樣折騰。

住哪裏，成了一件兩難的事。主人一家希望我們先住兒童房，兒童房安靜，不被浣熊打擾；Joy 想住客房，客房有意思，能聽到閣樓上的打打鬧鬧。

一件小事，到了這個份上就取決於我了。我不加思索，作出了一個兩全的決定：陪 Joy 住客房，一來可以滿足女兒與浣熊為伍的心願；二來不用搬動房間，少洗一套臥具。事情就這樣定下來。

到了晚上，Joy 一直睜著眼睛等待奇跡發生。半夜裏，隔著天花板的閣樓，先是嘟嘟嗦嗦地響，很像從前住平房時有耗子折騰。很快，那傢伙便肆無忌憚地大鬧閣樓，在兩端跑來跑去。我睜著眼，翻了身，再翻身；Joy 則指著上面，一會兒説「到這邊了」，一會兒説「到那邊了」，真是大大的熱鬧，算她運氣好！

次日早晨，一位年輕的動物控制專家來了，海倫告訴我們，四鄰八舍誰家進了動物，蛇、松鼠、浣熊、花栗鼠等，都找他。年輕人手臂上有動物紋身，很幹練的樣子。他一手握著電筒，一手提著個金屬籠子，向大家簡單問候之後，就徑直走上閣樓。Joy 興趣盎然地跟上去，我也跟上去，沒見過呢！

他擰亮電筒，巡視閣樓一周，很快找到了洞口，並將鐵籠牢牢地罩上去，又確認沒其他洞了，才下樓。

當天晚上，閣樓上先是大鬧，之後小鬧，再之後沉寂下來。

第三天上午，年輕人擰著另一個籠子再來。他取出原來那個籠子，一邊取一邊説「A captive」(有個俘虜)。當手電筒一打開，光源聚焦到一個灰不溜秋、貌似狐狸的浣熊身上。那傢伙蜷縮著顫抖的身子，滿目的恐懼。年輕人取下籠子，再安放一個。

「你要怎樣處置牠呀？」看著年輕人要帶走浣熊，Joy 同情地問。

「送牠回森林，那裏才是牠的家。」

次日，年輕人再來時，我們告訴他：「昨晚萬籟俱寂。」

人與浣熊各有習俗，哪怕任何一個進了對方的家，都是一件煩心的事。我想，人與動物，相處之道應該是像朋友一般，互相尊重，互不打擾，你過你的，我過我的。

58　春風吹又生

加州總是有火災，山火年年燒。2017年九月的一天，洛杉磯郊外燃起史上最猛的山火 La Tuna。新聞一播出，身在成都的明佐同學情緒激動地在同學群發訊息，關心在洛杉磯的同學們。這次我們碰上了山火，「失控」、「救援困難」、「繼續蔓延」之類的描述，在新聞上反覆地說。

進入伯本克（Burbank）市區可見，遠處群山的濃煙直衝雲霄。濃煙之中，一條腰帶似的金黃色火焰，長長的纏繞在半山間，把大山切割成上中下三個部分。火焰長達數公里，在半山中燃燒，往兩邊蔓延。還好，雖然大山把整個城市圍了個圈兒，卻夠遠，對市區沒有威脅。

「怎麼沒人救火？」我問身邊人。

「一定有人在救！不過你看那陣勢，怎麼救？」

這般兇猛的山火是很難救的，遠眺火場，我感到人的能力太有限，什麼電腦、人工智能、4G或5G，在自然界面前，一點也奈何不得。

加州州長宣佈，洛杉磯進入緊急狀態。所有消防車開至火場之下，隨時準備進入，消防員替換了一批又一批。官方曾經說，百分之十的火勢已經得到控制。這個數據的準確性值得懷疑，因為人很難判定現場的情況。

這火燒得叫人心疼，加州不少地區是半戈壁地貌，植被矮小而稀疏，且難以生長。八個多小時，山火毀了兩千多畝植被。

下午，天空終於出現了厚重的雲層，一會兒下起雨來。雨量不多，雨時也短暫，但是空氣清新了，有了涼意。洛杉磯人感恩上帝控制了山火。也有人說，那場雨是氣象局人工迫降的。到底那雨是為何落下的，沒有新聞報道，但是可以肯定，即便是人工雨，前提也得有雲層，人要藉助上帝給予的智慧和能力呼風喚雨。第二天山火熄滅了。

加州的山火每年都燒，每年都因天氣炎熱而燒。這年是洛杉磯數十年來最熱，八月三十日那天，當地氣象局說，溫度為華氏一百零一度，攝氏三十八點三度。到了三十一日，有居民錄得華氏一百零七度，攝氏四十三度。真是好熱好熱，戈壁地區的熱，是乾熱。

那幾天我有兩個狐疑。首先，是百度網顯示的洛杉磯溫度，八月三十日為攝氏二十四度至二十八度，八月三十一日為攝氏二十度至三十度。我把當地的預報和百度的預報截下圖，比一比，確信沒有錯。你看這玩笑是不是開大了！如果不是身臨其境，誰也不信。其次，總說火焰是往上擴展的，可 La Tuna 卻是橫著擴展。為什麼？

野火燒不盡，加州人已經見怪不怪，他們習慣了與山火共存，山火在燃，日子照過。如果有一天接到通知「這裏的人口必須轉移」，就心平氣和地配合轉移。當危險過去，撤離令取消，又坦然搬回來。該收拾的收拾一下，該買的重新買。面對火災，加州人倒是堅強，山火到來不驚恐，處理起來也得心應手。

樹林燒毀，山火熄滅，留下灰燼與荒涼。但是灰燼能滋養土壤，當春天來臨，大地復蘇，甘霖灑下，荒涼很快變新綠，原野又好看起來。自然界就是這樣，生生不息，輪番作業。也許另一處山火又在醞釀中，那又何妨！春風吹又生呢！

59 大小濕地都保護

大自然需要保護，近二三十年這個意識才開始在中國深入人心。海蓉的家在波士頓郊外，她家後院有一塊七八平方米的濕地，屬於私有財產，但是管理權和控制權卻在政府。這事說起來又是一個故事。

四十分鐘的車程到了她家，一棟叢林環繞、寧靜祥和的山間別墅。下車後海蓉說，先去後院走走，熟悉一下環境。後院，約兩畝面積的空曠地，海蓉說他們管不過來，只把靠近房子的那一片栽種成了草坪。

草坪中央有一塊低窪地，七八平方米，遠看像一塊鑲在草坪上的補丁。低窪處有明顯的浸水，兩塊不成規矩的石頭隨便鋪著，周圍有高高低低的雜草。我遺憾那塊地沒有整理，不漂亮，留在那裏礙眼，便自覺聰明地獻策：

「這塊地明顯低於四周，與美麗的草坪多不相稱呀！有沒有想過整理一下？」

話一出口我便感到語不得體，然而駟馬難追。倒是海蓉不在意，她慢條斯理地給我講述關於濕地的故事：

「這地雖小，卻也是一塊濕地。剛搬來時，我們也計劃過填充改造它，使它與周圍保持一致。但是很快就有政府的水資源專家到來，他們說：『這是一塊濕地，已經被劃進波士頓自然保護清單。』

「『我們能做些什麼嗎？』海蓉問專家。

「『是的，需要你們的配合，不要進去活動，保持它的原始狀態，避免造成破壞。』

「就這樣，一個私有產業，貼上了政府的自然保護標籤，屬於國家，屬於整個人類了。」

故事聽得我們目瞪口呆！地大物博的美利堅，也在乎這麼一丁點兒的低窪地，還要列入保護清單！

「打那以後，我們便小心呵護它，叮囑父母，種菜栽花時，別冒犯了它，一鋤都不要越界。」海蓉繼續道。那是我見過被保護的最小的濕地。保護濕地，政府真是「管到家了」。

說了小的，再說個大的。從洛杉磯飛往芝加哥，快到目的地的那一段是北美五大湖的延伸地帶。從飛機上俯瞰，褐色與銀白色交錯，褐色是濕地，銀白色是湖泊。之字形、長方形、圓形、方形，大盆小盆似的湖泊和濕地，不規則的錯落。好遼闊呀！飛行了好一陣子，也不見房舍、農莊和人煙。

五大湖是北美的地中海，相當於六個半臺灣島，那天所見的只是一個角落，我覺得自己長見識了。我想到了中國的「退耕還林」、「退耕還湖」、「退牧還草」之說，那些環保措施，與五大湖邊緣不種莊稼是同一個道理。

也想到中國缺水，世界人口的四分之一，濕地只有百分之十。探險家、地質學家楊勇，每年遊走青藏高原的三江源地。他說，「因地球暖化，冰川消融，三江源的土地沙化嚴重加速，生態形勢急轉而下」。他撰寫的〈西線調水背後的危機〉，數據讓人憂心。

濕地是水域與陸地的過渡地帶，它調節氣溫，維護生態平衡，是地球之肺，是天然氧吧。還想到香港的米埔濕地，那次去參觀，連走路都被告知「要輕輕的，悄悄的，別打擾了鳥兒們」。

60 讓河水長流

阿爾伯克基市（Albuquerque），一個從未聽說過的地方，有三十來萬人口，是新墨西哥州最大的城市、美國核能和新能源科研基地，以及第一顆原子彈研發成功的地方。

地處戈壁灘，四周紅岩山石，東一籠西一籠的草窩，是自然界有限的生命力。市區沒有高樓，沒有樹木。空氣乾燥，少量的綠化只有草窩，以及仙人掌類的灌木。

我強烈感到這裏的人們缺水，城市綠化不足。我甚至後悔自己剛才洗手時，把自來水的出水量開大了。源遠流長的河流，恐怕是當地人不敢奢望的東西，我想。但是我的估計失真，不敢奢望的東西實實在在地存在。

一會兒，一條平靜的河流出現在右前方。

「阿爾伯克基，竟然也有河流！」我驚呼道。

「當然，這是格蘭德河（Rio Grande），我們的母親河！與世界上多數城市一樣，我們也有母親河！」葉霖的聲音滿溢親切感，他是當地與中國蘭州姐妹城市的委員會主席。

從北往南，格蘭德河穿城而過，她靜靜地流淌，清澈、從容、慈祥，給予這座城市生命的氣息。河床修得格外精湛，格外牢固，看似滴水不漏。

有河流，阿市的人卻不濫用河水。為了省水，市政府提倡市民不要栽花種草，或者儘量少栽少種。是提倡不是禁止，但是家家戶戶積極響應。走遍市區，很少看見有花草的人家，偶見蹤影的，也只不過是點綴。至於草坪，成本太高、太奢華，大可不必。

一條難能可貴的河，按理說，兩岸的人應該開發她的價值，有條件地用她。但是格蘭德河的幸運在於，沒人先下手為強，人們寧願忍受缺花少草之眼福，也不忍心分流河水。他們相信，只要細心呵護，河水就會永永遠遠地流淌，就能給有缺水之憂的阿市人基本的生活保障。格蘭德河是上帝賜給他們的恩典，是實體的，也是精神的，理當受到呵護。

日照強，空氣乾燥，濕度不到百分之十。初來乍到的人，都懶洋洋的，打不起精神。我在香港住慣了，空氣足夠濕潤，到處綠植，沒有缺氧之憂。在這裏，連呼吸的空氣都不習慣，仿佛缺氧。

雖然偏僻，但地區發展很快。因地價低廉、稅收低，近年阿市吸引了一些外來企業，成為美國發展最快的城市之一。於是人口猛增，接應不暇。當地人感到焦慮，擔心空氣變差、自來水供應不足、發展超出承受力，他們已經滿足於寧靜的生活，希望遠離犯罪和交通困擾。

老鄉葉霖一家在這裏忙碌地工作，快樂地生活，種菜是他們的閒暇活動之一。至於種什麼菜，當然不是香港人熟悉的勝瓜或菜心 —— 他們對重慶的小萵筍感情篤厚，那是一口鄉愁。在缺水的狀態下，夫人楊曄用滴灌法種植。萵筍已成為他們與朋友聚餐時的上等佳肴。

阿市建於 1706 年，曾經是西班牙殖民地，至今還有濃郁的西班牙風情。過去這裏的遊客以歐、日、中國港澳臺人為主，近年開始有中國內地自由行遊客到訪。

這個國家很大，若能呆上一年半載，能看到很多名堂。

61 戈壁之都——聖塔菲

古往今來，人類的住房條件越來越好，從洞穴到窩棚，從窩棚到草房，從草房到泥屋，再到磚瓦房、鋼筋水泥房、摩天大樓，以至尚未普及的智能房。

條件不斷進化，時尚了還要更時尚。有獨具匠心的建築師，在古與今、土與洋、自然與人文之間倘佯，把作品結合得相得益彰。戈壁城市聖塔菲（Santa Fe），就是這樣一座具代表性的城市。

從阿爾伯克基市到聖塔菲市，兩個多小時的車程，沿途全是戈壁，有一片地區連電話都打不出去。戈壁缺綠蔭，多砂礫，灌木矮小而稀疏，偶遇一籠，寶貝似的令人欣喜。聖塔菲是新墨西哥州的州府，與墨西哥國接壤。

建在戈壁灘上的城市，整個兒被紅岩峭壁環繞。市區房屋缺高樓，以「土」定格，多為圓形。淺黃色的泥磚，築成一棟棟的生土建築房，小巧玲瓏，充滿詩意，有的令人聯想到七個小矮人的家，有的令人聯想到中國西北甘肅、寧夏、新疆一帶的夯土房。

進入城堡，猶如進入童話般的國度。看得見的戈壁荒漠，摸得著的土色房屋，聽得見的風沙吹拂聲，嗅得到的乾燥沙土氣息，千絲萬縷，與戈壁地貌協調地融為一體。她是二十一世紀的觀光城市，本土與現代共存。在六月懶洋洋的戈壁灘上，在熾熱的陽光照耀下，我實實在在地感到自己身處戈壁，而非童話世界。

真不知當初是誰出的主意，搞了這樣一個令人刮目相看的城市，任她以原生態的面貌展現。我敬佩當年的設計師和建造者，他們親臨戈壁，以大自然為第一靈感，尊重本土精神，堅守本土意識，把創意融入荒蕪，大膽而浪漫地拿出這麼一個設計方案！

一座邊陲小城，建得萬般協調，原汁原味，如詩如歌。設計師當初作出這個決斷，一定付出了勇氣和自信吧？好像還承受了風險壓力？在這座城市裏，你看不見綠色，卻又滿目綠色環保；看似「土氣」，卻又充滿現代智慧。設計師和建造者傾注了對環境的尊重和愛戴！

「聖塔菲」之意，在西班牙語裏是「聖神的信仰」。1610 年，西班牙人在聖塔菲建立了第一個白人聚居點；兩百年後，墨西哥發動反西班牙起義，宣佈獨立，新墨西哥地區成為墨西哥國的一個州。後來的美墨戰爭，使這裏歸屬了美國，成為美國的第四十七個州。因此聖塔菲融會了墨西哥文化、美國文化、西班牙風情、美國西部牛仔風情、現代文明和古印第安文明於一身。

把寧靜與曠野相結合，在不被人們看好的荒漠裏勾畫出夢幻般的現代效果。莊嚴、崇高、神秘，又不失平淡、樸實、原始；沒有燈紅酒綠的炫耀，聖塔菲走出了千篇一律的磚瓦房和鋼筋水泥的概念。

如果把聖塔菲看作一篇優秀的散文，那麼它的精彩之處是，把紅岩看作句型，把黃土看作詞匯，把不同民族的人看作標點。聖塔菲是一個可以體驗多種文化和藝術的地方，她穿梭於各種文化之間，讓你感受世界的繁複，以及存在於不同族群之間的融和。

下一篇，講述聖塔菲的人和事。（圖 22）

62 「古老」的城市

「這是聖塔菲市最古老，也是美國最古老的房子。」

「這裏是美國最古老的教堂。」

講解員這樣介紹民居 De Vargas Street House 的特色，以及旁邊一座修舊如舊、保持泥磚牆風格的教堂。她反覆強調「最古老」，這引起了我的好奇心：

「最古老，什麼年代？」

「1610 年。」話一出口，她好像想到了什麼，若有所思地問：

「你們從哪兒來？」

「中國香港。」

「哦！那是一個美麗的地方，歷史悠久遠超美國。」她由衷地說，我們聽得也很順耳。

「1610 年，也很久遠。」丹曦補充道，她也很會說話。

是的，1610 年也算「很久以前」，女士把不長的歷史講得有滋有味，那是她的技巧。只是我們自己在心裏咕嚕，1610 年，是中國的明朝末年，在那之前，還有很長很長的故事可講！

類似的情況，在參觀美國的歷史古跡場所時，時有發生。當你被告知「這個建築是美國最古老、最悠久的……」時，來自文明古國的人，便不自覺地拿自己的國家做對比。一比，就把人家比下去了，哪裏配得上「古老、悠久」之說！兩三百年的歷史，跟五千年確實沒得比。不過，那是人家的歷史。

聖塔菲市街道狹窄蜿蜒，只有六萬人口，到處是做生意的印第安人和墨西哥族裔。午飯時分，我們停在一家墨西哥大餅攤前。攤位是一輛流動的小型三輪車，車上裝了生意人的全部家當。

攤前排著長龍，我們排了進去。一位六七十歲的長者在打理生意，另有一位不幹活的年輕人。年輕人手持一份《紐約時報》向遊客介紹大餅，報上有那位長者接受採訪的照片，以及介紹大餅的文章。

「《紐約時報》都報道了，他的大餅一定有什麼『之最』的美譽，那篇文章是他的搖錢樹。」我如此之想。

我只專注於幹活的長者，年輕人說了什麼，沒有認真聽。長者有條不紊地幹活，我們心平氣和地排隊，目光朝著同一個方向，齊刷刷地聚焦在長者身上。他個兒高，皮膚黝黑，上唇留著斯大林式的白鬍子，是個典型的墨西哥人。

火爐旁，長者又做餅，又烤餅，又收錢，不慌不忙，動作嫻熟，不因事情繁雜而亂，不因人多而急。是個慢性子人，我想。我天生性子急，特別羨慕那些擁有「天塌下來有高個子頂著」心態的人，也堅信，這種性格是上帝恩賜的，與生俱來，不是想有就有。

聖塔菲是一座文化之都、藝術之都，除了有豐富的西班牙文化、印第安文化、墨西哥文化，還吸引世界各地的藝術家前去辦展，有些畫家乾脆就把工作室開在那裏。

到處都是畫廊，街邊的一扇木門敞開著，裏面是一個院落，我們走了進去。這是一個西藏人辦的商店，規模不算小，賣藏刀、藏藥、藏畫、藏族食物和飾品。我偶然發現，這裏也有賣一種胃藥，多年前一位藏族爺爺送我用過，效果奇好。

店主用濃濃的藏式英語和我們交談，知道我們祖籍四川，之後又改說普通話。西藏人很會做生意，他們把藏文化帶到世界各地，小店雖然不是當地原住民的特色，但它是中國文化的一部分，我們甚感親切。（圖 24）

63 城市個性美

現代人的旅行取向，有別於從前了，旅行者的目的趨於看稀奇吃特色。資源原始的、聖潔的、獨有的，一定受追捧。瑞士的鐘錶、日本的壽司、法國的紅酒、俄羅斯的芭蕾、意大利的龐貝古城、中國的熊貓和農家樂等等，都是各自的寶貝。

在聖塔菲市一個半住家、半經營的院子裏，兩根石柱在中央高矗，石柱上的雕刻圖案彎彎拐拐、奇奇怪怪，大概是主人的圖騰。來這裏找尋美國的民間藝術，處處有驚喜。

院內一位印第安女人在整理花草，抬頭見我們進來便打招呼。她説什麼我們沒聽懂，不知道她在説什麼語言，或許是印第安語，或許是其他。我們用英語向她説 Hello，大概她懂了。雙方笑一笑以示友好，之後她幹她的活，我們隨便走走。劈劈啪啪地拍照，愛拍哪裏拍哪裏，我們隨意得像院子的主人。

這座城市真值得看，她存在於你與我、古與今之間。尊重過去的文明，發揮現代的優勢，她把電影裏的古老場景和現代人的生活相結合，新不嫌舊，讓初來乍到的人有跡可尋，遊覽之後回家，還迫不及待地告訴家人和朋友。

這裏最初是一個印第安村落，作為一項世界文化遺產，保留了印第安人的本土特徵。在老城區，處處可見印第安人的歷史遺跡，民居牆上掛著的紅辣椒，門口的枯木枯枝，都成風景。聖塔菲不一定有多美，聽起來也不一定耳熟，但是作為獨到的旅行觀光地，當旅行者走過千篇一律的、眼花繚亂的大都市之後，看見她，還能為之一振！

類似的個性城市，在美國並不少見：紐約大都會的氣派、華盛頓 DC 的首都特色、三藩市的中國淘金者遺風、休斯頓的航天和石油特色、芝加哥的現代摩天建築、洛杉磯的荷里活影視文化、波士頓的新英格蘭移民風及名校的儒雅、西雅圖的翡翠個性，等等。我感嘆這些城市座座都獨具一格，能找到自己的定位，有自己的看家本領。

在中國，年長的人如果走的地方夠多，會記得原來的房子都修成不同的樣子，北方的牧民有蒙古包，南方的傣族有吊腳樓，東南的客家人有圍屋，西南的藏族有碉樓，還有西北的窰洞、江浙的水鄉，建築體驗數不勝數。如果都能因地制宜突出本色，那將各具吸引！

大都市有大都市的優勢，如紐約、東京、上海，高樓林立，車水馬龍，熙熙攘攘，幾個城市走下來，這裏像那裏，那裏像這裏。而小地方卻是各有各的不同，原住民的長相、勞作規律、人際關係，它們的特徵，貴在難以複製。

我欣慰內地恢復了清明節賽龍舟和四川彝族火把節，舊戲重演，把古老當時尚，熱鬧又好玩。人有人的個性，城市有城市的品味，正如老成都有茶館文化，老北京有胡同文化。城市如人生，除了精彩還應該有平淡，就像自然界有高山低谷，還有洪澇乾旱、陽光雨露、沙漠青山 …… 我們多希望看到不同的城市特色！（圖 23）

64　新墨西哥灣的藍海蟹

新墨西哥灣，是藍海蟹生長的天堂，因那裏的海蟹呈藍色，被稱為藍海蟹。五六月釣海蟹，要早上八九點鐘之前到達，九點一過，陽光普照，氣溫升高，海蟹就游去深水區了。

「你們來家裏住兩天，看看牛仔風情，玩玩打靶，到新墨西哥灣釣釣藍海蟹。」電話裏，家住新墨西哥灣的老翁和小瑛說。

「好啊！打靶就免了，釣海蟹吧，也看看牛仔是什麼回事。」丹曦嚮往地說。有他們陪著，又恰逢時節，真好。

初夏，天氣潮濕而悶熱，人們已經穿短衣短褲了。早晨四五點鐘，天空剛剛開始泛白就出發，直奔海邊，兩小時車程。

第一次到海邊釣螃蟹，感覺新鮮。停車後，我們提起水桶和網兜走向海堤。海堤由無數個大大的水泥方塊鋪成，一直伸向海灣對面，把兩岸連接。水色逐漸變深，淺藍變成了深藍。

走了十來分鐘，堤邊有藍海蟹了。

「翁叔叔，可以開始釣了嗎？」丹曦有點迫不及待。

「再走一段吧，水越深，海蟹越大！」老翁說。到底在哪裏停步開工，完全取決於老翁，他是老手。

這是一項沒有成本的活動，不用投入，只管收穫。海水邊，老翁先給我們普及釣海蟹的常識。

「釣海蟹很簡單，無須技術和經驗，但是得有耐心。工具是每人一根線、一條發酵的臭雞腿，就這麼簡單。」

雞腿已在常溫下存放了兩三天，氣味夠臭夠濃。按照老翁的示範，我們各取一根線和一條臭氣熏天的雞腿。很難理解，人類嗅到的臭味，竟是吸引藍海蟹的美味。

線的一端綁在雞腿上，一端捏在手上，輕輕地、晃悠悠地將雞腿垂到水裏，又將其慢慢拖進水邊的石縫，接下來，就靜候獵物到來。我們一看，二做，三成師，很快熟手。

簡單不假，耐性其實也不需要太多。僅僅三五分鐘，就有藍海蟹從石縫深處游出來，三三兩兩，大大小小，有的單身，有的舉家赴宴。

這是牠們最後的早餐，我們留給獵物足夠的時間用餐。當牠們完全沉浸享受時，才慢慢地、悄無聲息地將之拖到一個適合舀起的位置。接下來，用左手抄起身旁的長柄網勺，敏捷地將雞腿和藍海蟹一併舀起，倒進水桶。

半把個小時，五個人、五條線和五個雞腿，已經收穫大半桶藍海蟹。把大的留下，把小的放回大海，將剩下的雞腿扔進海裏，提著海蟹返程了。

這天是週末，海堤上先後來了三四十人，白人、黑人、拉美人、亞洲人。有一群中國留學生特別熱鬧，不時聽到他們的喜訊：「這個足有半斤重」、「又一位大個兒」。現在的中國年輕人真是越來越會玩，不像他們的父輩，週末都要打工去。

海蟹太多，我建議放一半進冰櫃，小瑛堅持煮完。她說：

「這些海蟹在自然狀態下生長，沒有人給餵飼料，很瘦，不經吃。」

用葱花、醬油醋和橄欖油調製成沾汁，一大盆水煮蟹吃了個精光，從前吃過的養殖蟹，簡直沒得比！(圖 25)

65 牛仔餐館採風

「到了德克薩斯州，該看看牛仔。」老翁說。

「好啊！」丹曦迎合道，這當然也是我們所想。

老翁指的看牛仔，就是去一家牛仔餐廳吃飯。他說那餐廳很火，常有人不惜駕車三四個小時去吃一頓，去看帥哥牛仔。為保障有座位，他們定位了。提起牛仔，我想到了牛仔服、牛仔靴、套索、左輪槍，還有配上飾物，在曠野飛奔的豪放的騎馬人。

餐廳外，一個身穿黑 T 恤的牛仔一聲吆喝，粗獷而不失禮節地歡迎我們到來。美國餐館和香港餐廳一樣，很少設置包間，牛仔帶我們到大廳就坐，迎合了我們看稀奇的心態。

餐桌上有炒花生，我剝了一粒，不知往哪兒放花生殼。

「花生殼扔地上，餐渣留桌上。」小瑛見狀說。

「真牛仔！」我說。

果然遍地皆是花生殼，我們肆無忌憚地扔垃圾！

牛仔服務生們一陣風似的走路，他們的工作服上印著「I love my job」(喜歡這份工)。入座後，一個牛仔送來一籃子麵包。

「麵包免費，要多少給多少，喜歡的話還可以帶點走，服務生為了多賺小費，不在乎你向他要多少。」老翁說。

呵！不在乎吃的，這也很牛仔！很美國！我嚐嚐麵包，太值得帶點走了。

就座後，老翁的故事來了：「西部牛仔，指的是十八九世紀西部廣袤的土地上，一群熱情無畏、具有冒險和吃苦耐勞精神的開拓者。他們幹練、勇猛、豪爽。德州和西南各州，是美國養牛最多的州份，趕牛者中，有西部小伙子、冒險者、掙脫父母懷抱追求獨立的年輕人。牛仔的生活並不像電影般浪漫，途中，憑著機智、勇敢、沉著，他們面對各種艱難險阻。

「開懷地笑，大聲地説話，大杯地喝冰水，吃大份的餐食，是牛仔的特性。西部牛仔被美國人稱為『馬背上的英雄』，就像中國人看成吉思汗和蒙古族人。」

聽到這裏，我想到電影《斷背山》(*Brokeback Mountain*)。導演李安説過，「美國西部是個陽剛的世界，只有男人和動物」。牛仔精神定型了新一代年輕人的精神，牛仔生活成為現代人的風尚。看見那些挖了洞、打了補丁的牛仔衫牛仔褲，我想，已經一百多年歷史的牛仔風，將繼續流行。

牛仔精神，鼓舞著不少年輕人白手起家，從無到有，創造輝煌。

「當年的牛仔精神，就是今天的創業精神！」丹曦道。

如今，牛仔一職已經消失。想看牛仔，得去民俗中心、特色文化村和特色餐廳，就像中國的景點，民族服裝是穿給遊客看的。

服務生上菜了，連頭盤的量都大，加上麵包，主食尚未到來，我已吃飽。當鮮嫩的牛排上桌時，我後悔沒給胃腸留空間。

旁邊有一對情侶，那男的當著女友的面，用食指將盤底的肉汁刮起來吃，簡直不修邊幅。吧檯旁的男人，有的一邊喝酒一邊跟服務生聊天，有的跟著電視裏的足球賽歡呼。

我們從波士頓來，剛剛參加了丹曦在哈佛大學的畢業典禮。波士頓和休斯頓，一個北，一個南；一個培養學者，一個鍛造牛仔。雅與俗來得這麼陡然，我們得調整思維，否則轉不過彎兒來。

66 城市的寬度與深度

芝加哥是建築之都 —— 就像維也納是音樂之都，墨爾本是體育之都，休斯頓是石油之都。位於北美五大湖以南，芝加哥古樸、典雅、底蘊深厚，但也不乏時尚，去過的人差不多都喜歡。

芝加哥市區是 1871 年大火之後重建的，當年的火災把舊城化作灰燼的同時，也孕育出一個嶄新的機會。消息一傳出，世界各地的建築大師紛至沓來，以廢墟為基礎，繪出一大批劃時代的圖紙，接著各具風格的建築拔地而起，建築之都的美名形成。人類第一幢鋼架構的摩天大樓，在這裏誕生。

以石為材，以石砌牆，將優質石頭修整成數以萬計的長方塊，建出多幢堅不可摧的高樓大廈。一百多年來，芝加哥歷經戰亂和天災，樓房已舊，卻不拆除，也不圍起來僅供參觀。作為建築本身的功能，它們至今仍為人們所使用，是辦公樓、商用樓、民居。那些保留古樸雅韻的大樓小樓，還矗立在拐彎抹角處，述說自己的身世，怎樣經歷風雨，世態如何變遷，更換了多少次主人。

芝加哥市中心有一個廣場，廣場中間有一個火盆，一團小小的火焰永不熄滅地燃燒著，以紀念戰爭中犧牲的烈士們。五月的芝加哥，遇上降溫還甚感涼意。那天到來時，我們看見周圍有幾隻鴿子，正圍著火盆取暖。鴿子象徵和平，火焰紀念戰爭，場景令人遐想。

芝加哥河（Chicago River）繞市區而過，連接兩邊街道的，是一座座的折疊橋。折疊橋是芝加哥的看點之一，橋身以鋼結構組合。當河上有大型船隻駛來時，橋面從中間分開，向兩邊收攏，留出無限的高度讓船隻通過；船隻離開後，橋面從兩邊展開，伸向中間，重新合攏成橋樑。原本流入密西根湖（Lake Michigan）的芝加哥河，為了不污染湖水，政府將其人工轉向，匯入了密西西比河水系。

關於芝加哥，需要記住這些歷史事件：「三八」國際婦女節在此起源；「五一」國際勞動節在此誕生；如若思考城市的來龍去脈，還會想起那場火災，想起老一代建築師們的故事。

兩三百年的美國歷史確實太短，積累的不多，欠缺古跡，遺產也不豐。但這個國家卻是輝煌，拿得出手的東西還不少，更能把不長的歷史留住。芝加哥城市的輝煌包含建築、歷史、科學、文化、體育、藝術等。

城市建設中，有的城市看似煥然一新，卻千篇一律；有的城市半新不舊，卻耐人尋味。城市建設需要寬度也需要深度。要實行現代化，舊城推倒建新城，十年二十年的工夫。但是若要體現厚重，幾百年幾千年也不嫌多。

想到港島的半山，那些中式的老房子、西式的酒吧、中西結合的遺跡以及動感的扶手電梯，新舊事物不經意地合璧；亦想到中國新興的鄉間別墅，配以木材和磚瓦，襯以泥土和流水，質樸得似「潤物細無聲」。當現代人忙著挖掘特色美、周遊世界、接納新資訊時，那些老不老舊不舊的房子，讓人感到踏實，它們超然了，脫俗了。

新的到來，舊的也應該留住。

67 千禧公園很貼心

提起芝加哥你會想起什麼？是林肯的故鄉，還是米高．佐敦（Michael Jordan）與公牛隊？又或者，是芝加哥大學、芝加哥交響樂團、芝加哥棒球隊、芝加哥藝術館？這些名字聽起來耳熟，故事也朗朗上口，但是當地市民面對最多的，還是那些古建築、公園、街道、公共設施。

「芝加哥不僅古建築保護得好，一些新式建築如千禧公園（Millennium Park）也很貼心，那是城市的新地標，市民的休閒場所。」Joy 説。

背靠市區，面向美麗的密西根湖，遠看千禧公園，「雲門」（Cloud Gate）像一顆矗立在公園廣場的巨大豆子，它開啟了通往芝加哥的大門。

那是一個拋光的不鏽鋼球體雕塑，當地人稱之「銀豆」。「銀豆」猶如一架相機的廣角鏡，又或是一面三百六十度的大鏡子，把方圓幾公里的芝加哥市區囊括進去；又像一部寬頻的立體電影，從中看到市區、街道、大樓、藍天白雲、南來北往的車輛，以及慢悠悠走路的人們，記錄著活生生的城市生活。

鏡裏鏡外，雲上雲下，亦真亦幻。雲門的設計師 Anish，把玻璃的鏡像功能發揮得淋漓盡致，讓人們感到快樂而貼心，虛擬又現實，特別讓女人感到體貼。

「媽咪，雲門最吸引哪個群體的人，你想過嗎？」看我加快步伐朝雲門走去，Joy 像發現了什麼，若有所思地問。

「孩子唄，好玩！女人也喜歡，照鏡子方便。」我肯定地說。

「感觸真是深切呀！」她數落起來。

「小朋友來這裏，會歡呼，會興奮；女人來這裏，方便欣賞自己的顏值。就像有的人，一見玻璃牆就湊上去，自戀得不得了。」女兒奉承我時也嘲弄我，她一邊說一邊學我湊近玻璃整理頭髮的樣子。

「這有什麼不妥？女人嘛！」雲門裏，我檢視自己的服飾是否得體，腰背是否挺拔，面部表情是否放鬆。千禧公園真好玩，雲門真貼心，我想。

貼心的還不止這個。在皇冠噴泉區，一個由電腦控制的十五米高的顯示屏，交替地播放芝加哥一千個普通市民的生活，扮鬼臉的男孩、擠眉弄眼的女孩、幹活的男人、做家務的女人，人物鏡頭不斷更換。一條條水柱不時從人物的嘴角沖出，射向天空，又呈弧形灑向螢幕下的人們。於是到了夏季，人們帶著孩子去水柱下找樂。

有噴泉的地方很多，但是皇冠噴泉的溫馨之處是，它不打廣告，不為候選人造勢，只有平凡的市民上鏡。如果碰巧有一天屏幕裏的人來逛公園，屏裏屏外一個人，就當是神仙下凡，裏面的人走了出來。

公園前方的密西根湖，是北美五大湖之一，是世界上最大的淡水湖群，由加拿大和美國共有，密西根湖的面積是臺灣的一點五倍。天氣晴朗時，湖面湛藍平靜，帆船星星點點，有海鷗在沒有海腥味的湖面上撲翅。

看美景，也看海鷗。原來海鷗不僅生活在鹹鹹的海上，如果湖面夠大，淡水湖也是牠們的家。有了新發現和新道理，心中感到一陣陣的滿足。

68 影星之名在腳下

洛杉磯荷里活有三大看點：「星光大道」（Walk of Fame）、「環球影城」（Universal Studios）、「比華利山莊」（Beverly Hills）。在星光大道上追憶明星們的生平；到環球影城回顧經典影片的拍攝過程；去比華利山莊見識明星的豪宅別墅。荷里活是一座影城，是美國電影業的巢穴，包括迪士尼、索尼、福克斯、環球、華納兄弟等。

在荷里活地鐵站下車，星光大道上，瑪麗蓮・夢露（Marilyn Monroe）的塑像最早進入我的視線。夢露女士以她經典的姿勢迎接遊客到來，側身半躺，手撐面頰，頭髮捲曲，笑容可掬，性感嫵媚。

有人邀請遊客與塑像一起拍照，見狀我立即想到華爾街上那兩位被坑的中國遊客，受邀與身披美國國旗的男士拍照，拍完就叫她們給錢。這裏估計差不離。

星光大道，其實就是荷里活大街兩旁的步道。步道不寬，沿途的地面上刻著兩千多顆星星，每顆旁邊附著一個名字，或影星，或導演，或攝影師，以此紀念他們對電影業的貢獻。

每天，影迷們從世界各地而來，尋找偶像的名字和手印，並與之合影。部分名字喚起了我對《仙樂飄飄處處聞》（*The Sound of Music*）、《麥迪遜之橋》（*The Bridges of Madison County*）、《臥虎藏龍》和《綠野仙蹤》（*The Wizard of Oz*）的記憶。

夢露的美麗和演技，甚至她的趾高氣揚，是那個時代人們審美的參照物。她的肖像處處可見，大到商店的廣告橫幅，小到T恤、杯子、鎖匙扣。

聽到路旁有人一邊看一邊說著挑剔話，就連夢露的一點自豪感，也給說成驕傲。娛樂界真是事多，很難討好，要看、要買、要說，買方賣方都視她為搖錢樹。不知道天上的夢露怎樣看待這般效應。

在一個街口，一位七十開外的老太太在唱搖滾，很精神，很有範兒。她唱唱歌又說說話：「我學吉他時間不長，但是興趣大，有演出的衝動，就出來彈彈唱唱。再說，退休工資不夠用，補貼一點，挺好。」荷里活的浪漫、時尚、奢華是可預期的，只是到來才發現，原來多是商業行為！

低頭走路，細讀影星們的名字，他們的姓名在腳下任人踩踏，我們隱約感到不對勁。

「緬懷明星，把他們的名字踩在腳下，合適嗎？」Joy不知是提問還是自問。

「記得有一張圖片，伊拉克人把時任美國總統布殊的畫像貼在飯店門前的地上，任人踩踏，以示仇恨。可是在這裏，同樣形式表達的竟然是敬意！」我也迎合道。

大家嘰嘰喳喳地議論，當影星的好處有多大，是非有多少，是好處大過是非，還是是非大過好處。

「快來看！」外子駐足在一顆星前，那顆星的旁邊刻著「Donald Trump」（當勞・特朗普），這位明星竟然與時任總統同名同姓，也被踩，也被踏。

外子叫我們停停，他要拍照。在他鏡頭對準的遠處，我看見「Chinese Theater」(中國劇院)，那是荷里活的地標之一，是多屆奧斯卡金像獎會堂，現已被 TCL 公司收購。

走進一家披薩店，裏面賣西餐也賣川菜；在環球影城，有間「眉州東坡酒樓」，那裏賣東坡肘子和四川小吃。風水輪流轉，三十年前服務員看見亞洲人要說日語，現在呢，要說普通話了。(圖 26)

69　車輪上的國度

有一個現象令人費解，美國不少城市的公共交通系統並不健全。洛杉磯算典型，公共交通很不如人意。

公交車少，市區大而分散，若沒有私家車，就跟沒有腳似的，若與朋友聚會，操心的是怎樣前往，而非帶什麼禮物；上班上學的人若依賴公交車，幾乎不可能。初來乍到的新移民，如果沒有車，都不像出了國，一直要到有了車，可以到處跑了，才像本地人。

這種情況若換成香港人，那就太難了，內地人也不習慣。中國且不說北上廣深，就算一個中小型城市，巴士站也比比皆是，線路轉來轉去，很方便。

但是美國又確實是一個不爭的汽車王國，她最早建立起龐大的高速公路網，南北走向、東西走向，密密麻麻，是全球公路網最密集的國家。底特律（Detroit）曾經是重要的汽車城，福特公司創造了世界上第一條汽車生產流水線。人均擁有汽車量居世界之首的美國，上班族幾乎人人一車。高速路上汽車旅館隨處可見，服務站裏吃喝拉撒應有盡有。

汽車重要，駕照更重要，美國人對駕照的認可性極強，駕照不單是車手的駕駛許可證，也可訂酒店，註冊會員，甚至開支票，使用信用卡時當身分證用，證上的照片、簽名以及防偽設計，都是主人的身分證明。

美國的高速公路幾乎不收費，兩旁極少林蔭道，景物沒遮沒掩的，是怎樣就怎樣。近處的民居民俗、田間作物，遠處的大山森林、天空雲彩，大大方方，一覽無遺。

高速路上的拼車道（Carpool lane）值得一提。洛杉磯四十五號高速路，是全美最繁忙的路段之一，最左邊的車道是拼車道。拼車道，只允許二人以上的車輛通行，禁止一人車使用，違者高額罰款；在工作日早上五點到九點，下午三點到七點，甚至只允許三人以上的車輛使用。那是一條讓一人車司機羨慕的車道，道路暢通、不易塞車，鼓勵人們環保用車。

法理上，美國不限制駕車者的年齡，只是年滿九十二歲的長者得重考駕照，以確認健康狀態是否勝任開車。喬治說過一件有趣的事：「母親九十二歲那年去重考駕照，路考通過了，身體指標也沒問題，卻仍未獲得駕照。老人不服，上訴法院，依然不發，且不給個說法。」這事說明，駕車年齡到九十二歲就基本終止了。

中國的高速公路晚美國幾十年出現，但是發展快，從 1984 年第一條建成，到 2013 年，高速公路長度已居世界之首。

美國和中國一樣，是全球跨經度最長，跨緯度最寬的國家之一。若駕車旅行，兩三天穿越南北，從熱帶到溫帶再到寒帶，四季風光急劇轉換，衣服加了又加，一件比一件厚。若橫貫東西，三四天，從東部的新英格蘭移民特色，到中西部的牛仔風，再到三藩市的華人社區，一路獲取美國的多元文化。

美國乘巴士旅行的人也不少，特別是學生族，可買一張打折卡，一卡到手，即可享受百分之十五的折扣和百分之五十的行李託運優惠。美國最大的巴士公司灰狗（Greyhound），票價像股價一樣天天變，如若碰準了，忒便宜。

70　美國的空中服務

航空指標顧問公司 Skytrax，每年給大型航空公司的服務水準排名評分，常常把美國航空 AA、美國聯合航空 UA 排在六七十位，甚至八十幾位以後；稍微靠前的達美航空 DL，不過也就三十幾位。美國的航空服務，大有改進空間。

蟬聯第一第二的是誰呢？可能是阿聯酋航空，或者香港的國泰航空。國泰航空，香港人並不陌生，除了空姐和空少長得吸引，服務也體貼；餐食好吃，飲料種類多，甚至有紅酒啤酒伺候。我特別期待國泰的餐後甜點，是酸奶或者哈根達斯冰淇淋，聽說不少年輕人選國泰航班，就是衝著好吃好喝去的，人家的服務真的很用心！

美國的空中服務，究竟差在哪兒？具體地說，不同的乘客有不同的關注點。若乘坐國泰航空，又轉乘美國航空或者美國聯航，比較之下，才會知道兩者的差距。

「美國的空姐和空少，大都是年過半百的大伯大媽，雖有危機處理能力，卻少了活力。」有男乘客說。

「他們的飛機餐不好吃。」有女人說。

「他們不提供紅酒。」好酒的乘客說。

「他們削減服務項目，超額預售機票，影響服務質量。」有從事營銷的商人說。

細想起來，這些話也不是沒有道理。2017 年華裔醫生陶大維與妻子，被美國聯航強迫趕下飛機，事件的後續效應，讓美國聯航著實嚐到了不小的苦果。

一位潘姓朋友的女兒在國泰當空姐，我對她說：

「國泰的空乘人員，不是帥哥就是靚女。」

「為什麼美國的空乘都是大伯大媽呢？」她問得有趣，我便四處找答案。

找來找去只發現一個說法：曾經有一位想當空乘的美國男人，向泛美航空求職被拒，之後他上告泛美歧視罪。法院首先裁定泛美勝訴，但後來重審時翻盤，男人勝訴。從此，美國的航空公司不敢以性別、外表、年齡作為僱用空乘人員的準則。說法玄乎其玄，不知真假，沒有找到其他解釋，我也就信了。

話雖這麼說，瘦死的駱駝比馬大。美國的航空公司依然是全球的老大，實力強，搖而不墜。店大了自然欺客，他們保持強勢，能壟斷北美最好的市場，包括紐約、芝加哥、三藩市等重要航線。再有，他們的積分計劃也套牢一批固定乘客，飛行積分的優惠機票，只要一開始積分，乘客就欲罷不能。

不過我欣賞美國的空中嬰兒服務。二十多年前，我們帶嬰兒期的 Joy 乘美國聯航班機，從波士頓到香港。飛機上，空姐一見到孩子就說：「How precious!」他們送來嬰兒奶、尿不濕和嬰兒籃，還說：「我們隨時樂意為她燙奶！」坐在第一排，嬰兒籃掛在中間隔牆，在我們的眼皮底下，真是方便。

現代人旅行，在乎設施是否舒適，服務是否到位。服務差了就有糾紛，糾紛多了影響客源，客人少了影響業績。不知道美國的航空界是否想過向國泰航空學習，包括瞭解飯餐好不好吃，飲料好不好喝，服務溫柔不溫柔。

71 時尚同學會

這些年流行開同學會，假如一個同學會搞得像嘉年華般的盛大，也不是一件稀奇事。一位同學的媽媽對女兒說：「你們的同學會，開得比我們的政府工作會議還要隆重。」

在美國定居的同學和老師，在洛杉磯舉辦了一個同學會，赴會者來自太平洋的彼岸和此岸，成都、重慶、揚州、紐約、達拉斯、明尼蘇達等。十幾天的聚會以遊覽的形式舉辦，一頭一尾在洛杉磯，中途遊覽幾個風景區。我碰巧趕上了會議最後那頓飯，便約小裴去看看大家，也算彌補一點遺憾。

同學見面，潛意識中有莫名的興奮。我一下子認出幾十年未見的他們，不是我的記性有多好，而是我產生了異象，感覺時光在他們那裏好像靜止了。有兩位姓楊姓李的女同學，幾十年前怎麼漂亮，幾十年後還是怎麼漂亮，歲月在她們臉上似乎不留什麼痕跡。一位姓鄭的男同學讓人納悶兒，當年瘦瘦的，不怎麼説話，現在反倒談笑風生，臉上一絲皺紋不掛！時光豈止是打住，簡直是倒退！

我們是改革開放初期，四川省首批經過專業訓練的旅遊從業人員。在祖國大門打開之初，我們接待了首批來華來川的外國人，給未曾有過旅遊經歷的四川人，注入了旅遊的概念。上個世紀八十年代之前，中國沒有幾個人明白旅行的內涵，能夠應付工作和生活，已算闊綽。我們趕上了旅遊業的頭班車，工作令人羡慕。

同學們的汗水，滴滴答答地流在成渝兩地的景點、酒店、學校、旅行社、旅遊交通、外事部門。大家從事導遊、教學、外事接待，以及酒店服務和旅遊運輸管理工作。之後，各人的步伐邁得更大更遠，有些邁向海外不同國家和地區；堅守本職的，大都成了業界的中堅力量，企業家、旅行社老總、五星飯店老總、駐外使節、局長、校長、外語領先導遊等。事業的擔子在同學們肩上沉沉地壓著，名字說出來都是響噹噹的，業績令人刮目相看。

似水流年，同學們發展事業的同時，也發展生活，從單身，到二人、三人、四人，有的已經當爺爺奶奶。聚會中有人帶著孫子，看著成長起來的下一代，我們的蒼老已在情理之中。男同學們大都還在發揮餘熱，女同學們已經先後退休，即便在崗的，也是當年的小妹妹。

相聚中我們重溫舊夢。分別三四十年，同學們有好多話要說，有好多往事要緬懷。學生餐廳是大家的集體回憶，有人堅持說，最好吃的是包子而不是炒菜；有人追憶首次相識時的尷尬；有人直接表達當年的遺憾。諸如此類的描述，放電影似的，美極了。

有些鏡頭已經支離破碎，要你一點我一點地重組。由點到線，由線到面，擴大情節，首尾連接，於是場景重現，忘了的，現在重拾。說到一起度過的時光，心中充滿感激。

世界這麼大，要做的事這麼多，要走的路這麼漫長。我們為什麼選擇了這個行業而不是其他行業？為什麼交了這些朋友而不是那些朋友？每一項說出來都有其中的道理，一頓飯吃得大家終身難忘！

四　人文篇

圖 27　與 Tricia 夫婦

圖 28　1994 年在喬治和海倫家

圖29 喬治為校友丹曦舉辦畢業派對

圖30 喬治和丹曦暢談母校哈佛

圖31　Joy 教喬治寫毛筆書法

圖32　與洛杉磯漢庭頓莊園的義工麗柔合影

72 瞧這些老美

「怎樣和美國人打交道？」一位要去美國讀書的小朋友問。

「你得看和哪種美國人打交道，確實有個別人不好相處，你得學點彎彎繞。但是如果你只和普通的美國民眾往來，則大可不必費神，他們挺隨意的，還挺好玩的。」我告訴他。

我欣賞美國民眾的直截了當，行事説話不轉彎抹角，相處起來沒有什麼顧慮。為了幫這位小朋友瞭解美國人的德性，我給他講當年在美國遇到的兩件小事。

東北部的波士頓地區，冬天冷極了，過日子要靠暖氣。那天我們住處的暖氣設備壞了，來了三位白人修理工。三位先生直接走向暖氣設備所在的地下室，完工之前，一位來到我們住的二樓，準備調試開關，測一測結果。

我為他開門，對他説早晨好，之後繼續做我的包子。部分包子已經成形，擺在桌子上；部分已經放上蒸籠，熱氣騰騰地蒸著。看見正在幹活的我和我的作品，男士的表情一愣，盯住包子，眼睛瞪得忒大，像看稀奇似的，稍許之後，才想起回應我的問候。他若有所思地走向暖氣按鈕，慢條斯理地調試開關，之後返回地下室。

接著又上來一位，同樣的問候，同樣的慢動作，之後下樓去。很快來了第三位，再次重複前兩位的過程。看著他們輪流上樓下樓，我納悶了，調試一下開關，值得三個人輪流來一趟嗎？

我一邊幹活一邊捉摸其中的就裏。看著手上的活兒和熱氣騰騰的蒸鍋，我計上心來。

「要不要嚐嚐我的牛肉包子呀？」我試著問道。

「太想嚐了！」他回答道，略帶羞澀。

「好啊！」我心中一喜。呵！果然是對中國人的包子感興趣！

找出一次性的盤子和叉子，裝上三個大包子交到他的手上，他端著包子下樓去，不再上來。

太可愛了！說來也是，包子，還有餃子湯圓這些 dumpling，外不見封口，裏面卻內容充實。那餡料是怎樣進去的呢？比薩餅的配料可是直接鋪在上面的呀！我且不說中國人的包子是怎樣做出來的，也不論那包子的味道如何，我只想問你，如果是中國人，說得出來「太想嚐了」嗎？

我又給那學生講另一件事。美國人喜歡曬太陽，在陽光下把皮膚曬成古銅色，是他們的時尚美。一天太陽高照，天氣炎熱，路邊草坪上，不少白皮膚的男人女人，穿著短衣短褲在曬太陽、看書、聊天，孩子們在嬉戲；場內只有兩個黃皮膚女人，一個打著遮陽傘，一個用衣物遮擋陽光，看似是中國人。

我走在路上，熱風撲面，順手從背包裏拿出兩張紙遮擋前額和面部。亞洲人嘛，和同胞一樣，怕曬黑。

「你在躲警察嗎？」突然聽到有人跟我搭話，轉過頭，看見一位陌生的當地人正笑瞇瞇地看著我。

「躲陽光。」我簡單作答。

「哈哈哈！我知道。」他聽後一陣開懷大笑。

「你真幽默！」我也忍不住笑起來。

「我爭取每天至少幽默一次。」

「再見！」

「再見！」

之後大家各走各的路。這就是老美，率真、好奇、幽默、見面熟。聽了我的故事，那位小朋友一臉的輕鬆。

73　中國殘疾女孩和她的美國家庭

先從朋友周海蓉說起。二十年前在波士頓認識海蓉，她還是一個留學生，正和先生熱戀著。這次重訪波士頓，老朋友見面格外開心，我們談過去，談現在，談孩子，談在波士頓的中國人。

說起當地的中國人，海蓉突然興奮起來：

「我們有個小鄰居叫 Grace，她原本是個中國殘疾女孩，來美國後與她的白皮膚家人生活，就住我家對面那個 House。」海蓉一邊說一邊從沙發上起身，臨窗而立，指給我看：

「就是那家。不如我們去看看！說不準 Grace 正在院子裏玩。」

「太好了。」我們說走就走。

隔著一條不寬的郊外馬路，遠遠地，我看見兩位白人老夫婦和一個四五歲的黃皮膚女孩在草坪上玩，一條小狗在周圍跳來跳去。女孩一會兒踢球，一會兒追逐狗兒，玩得不亦樂乎。海蓉說，二老是她的爺爺奶奶。

看見鄰居帶來新朋友，兩位長者起身打招呼。我用英語向他倆問好，用漢語向 Grace 問好。Grace 用生硬的漢語回應「你好」，便轉身和爺爺奶奶說流利的英語。看來那句「你好」是她專門學來的。

我們聊起天來。老先生說：

「Grace 原來是一個殘疾孤兒，十五個月大之前，生活在中國一家福利院。那時她的右腳外翻，肌肉嚴重萎縮，不能走路。」說著，他叫 Grace 過來。孩子跳著過來，嬌滴滴地倒在爺爺懷裏，從她走路的姿勢，我看不出什麼異常。

老人摟著孩子，將她左右兩邊的褲筒拉起給我看。我發現，她的左腿肌肉發育正常，右腿肌肉明顯萎縮。Grace 的奶奶接著說：

「後來有一天，我女兒女婿去中國，在一家福利院見到了 Grace，一下子喜歡上她了。之後他們把她帶回家，Grace 就成了家裏的第四個孩子，和三個哥哥的妹妹。」

兩位老人家的目光在我和 Grace 之間移動，你一句我一句，繼續講述 Grace 的身世。

回來之後，Grace 的父母著手給她治療。前後動了三次手術，每次恢復期間，她的腳被紗布裹著，不能動彈，需要抱上抱下，需要哥哥們的陪伴。一段時間之後她能走路了，逐漸恢復正常。

「她的右腿能恢復到左腿的狀態嗎？」我問。

「不能，左右粗細不一，已成事實。但是醫生說，治癒後的右腿將和左腿一樣，健康成長。」

我摸摸 Grace 的右腿，暖暖的。在我看來，如果不知原委不作比較，誰也不會發現問題，也不會想到她曾經是個殘疾兒童。

Grace 平靜地聽爺爺奶奶講她的故事，不時好奇地打量一下我，一個與她膚色相同的陌生人。一會兒，趁 Grace 去追逐狗兒的時候，我鼓起勇氣，向他們提出一個難為情的問題：

「Grace 怎樣看待自己的身世？」

「我們對她講過她的身世，告訴她，由於一些原因，她的親生父母不能繼續撫養她，她成了棄嬰。但是爸爸媽媽很快就揀選了她，之所以要特別揀選她，是因為非常愛她，想得到她。」

老夫人看一下海蓉，說：「Grace 剛來時生活不習慣，得到海蓉一家的照顧，常常送來中國食物，如餃子、米飯，直到她完全適應我們的生活。」

離開他們家，海蓉說，Grace 的故事並非偶然，波士頓有兩三百戶收養中國孩子的美國家庭，主要是基督教家庭。孩子中不少是殘疾，他們在美國通過治療，大多能恢復正常，但是仍有一些治療效果不理想。那些家庭成立了一個協會，定期聚會，帶孩子們去中國旅行，認識同胞，分享中國文化；有的還學漢語，用筷子，穿唐裝，跳中國舞。

真想說，謝謝你們，收養中國殘疾孩子的美國家庭！

74 民宅別亂闖

槍枝暴力事件，是美國最大的社會問題，且有愈趨泛濫之勢。

上個世紀的早期，美國沒有這麼多槍擊案，種族矛盾也不這麼勢不兩立，那時連「恐怖襲擊」都難得提起。

美國人有很多隱私，婚姻、家庭、收入等，都不是一般人可以問及的。美國人的民宅不能亂闖，假如一不小心闖了，就算主人開槍，也會被看作自衛，受傷者倒在主人的地盤是入侵的證據，後果自付之餘還被起訴。當年寫美國憲法的人，鼓勵國民創造財富，尊重和保護他們的隱私和私有財產。

那次問路的經歷，現在想起來還心有餘悸，我會永遠銘記。

美國同樣的人名、地名很多，被叫作約翰、大衛、馬科斯的街道處處皆是，就像在香港，叫俊傑、偉強、慧嫻、詩敏的人，說出來一大堆。

那天我們駕車前往華盛頓 DC 的郊外，拜訪一對夫婦朋友。我們研究地圖，找準目的地，輕輕鬆鬆到了，以為很順利。但其實是迷路了，那是同名的另一條街，天色已晚，我們不知所措。

在一戶亮著燈的房舍外停車，我小心謹慎地去問路。為了避免引起誤會，我抱著孩子隨先生下車，以為如此這般能得到理解。

在通往私宅的小路上，我對著房內的燈光喊「Hello」。燈下出現了一個年輕人，他走近窗戶，就要回話了。突然被身後一個聲音召喚，他打住了，並立即退而避之，不見了人影。

稍許之後，他走到另一處有電話的位置，拿起話筒，猶豫著。這一連串的行為，令我們敏感起來。

「快回車上，他們過敏了，可能想報警。」先生拉我回到車上，啟動引擎迅速離開，在一個沒有爭議的地方停下來。看著往返的車輛，我們感到無助。

終於一輛小車肯停車了，中年男士探出頭來詢問，我們向他講述情況，希望得到幫助。在確認我們是迷路的外來人時，他表示願意為我們帶路。

「你們的行為太危險了，他們有理由視你們為入侵者而自衛。」車子啟動之前，男士道。接著他在前面行駛，我們緊跟其後。到了一個診療所前停車，他說：

「這是我朋友的診所，這裏是安全的，進來吧。」

上個世紀末，手機尚未普及，我們借用診所的電話與朋友聯繫。原來，他們在附近同名的另一條街道上。

2016 年 9 月 16 日的那則新聞，讓很多中國人譁然。美國佐治亞州的一處民宅，三個劫匪持槍闖入福州籍女子陳鳳珠的家。陳鳳珠臨危不懼，當場將一名劫匪擊斃，兩名敗退，之後冷靜報警。警方認為，陳鳳珠的行為旨在保護自身和財產安全，符合美國憲法。

美國人信奉主人精神，主次有別。住宅邊上的小路是私有財產，別闖，特別是晚上，否則主人維權算自衛。掐指一算，在 DC 郊外的歷險，已過去二十多年。若這事發生在當下，談恐色變的美國人，處理手法或許更加激進！

75　物有所歸

很多美國人不理解，為什麼把撿來的東西歸還物主，要被宣揚為好人好事。還不理解為什麼有的地方老人跌倒後，除了警察就沒人上前過問。更不理解在幫助跌倒的老人之後，為什麼會惹來一身騷。他們覺得，路不拾遺，拾金不昧，你的歸你，我的歸我，事情原本應該如此。

他們樂於幫助弱者的品性值得讚揚。多年前在波士頓，曾經得到一位萬姓基督徒老媽媽的幫助。當我滿懷感激之情，欲回報時，她說：「不用感激，應該的。以後遇到有人需要幫助，你出手相助，一樣的。」

美國的傳媒幾乎不報道好人好事，這是一個以基督教立國的國度，在二十五美分的硬幣和一美元的紙鈔上都寫著「In God we trust」(信奉上帝)。

信奉上帝的人好事隨手而做，做了好事不求回報，危急關頭見義勇為，困難之際出手相助，拾物不求回報歸還失主，幹了大好事也不張揚，連媒體都不採訪，更沒有人號召誰向你學習。

多年前的一天，我在公園散步時，發現座椅上有一部手機。許是哪個孩子丟了玩具？我這樣想。結果不是玩具，是一部貨真價實的蘋果 iPhone，按一下開關，螢幕還有顯示。一定是哪一個丟三落四的人遺下了，我擺弄著手機，心裏琢磨處理方法。

一會兒，一位遛狗的女士路過，我對她說手機的事，想聽聽老美的處置辦法。

「怎麼辦呢？」我問。

「把它帶走，等它的主人打來電話。我不認為應該把它留在這裏。」她說，聳聳肩，攤攤手。

「明白。」

把手機帶回住處，我告訴丹曦它的故事，結果引來女兒責備：

「媽媽，你應該把它留在原處，它的主人會去取的。」天！她視一部 iPhone 鴻毛不如。

「你以為人類都來自烏托邦？」我也回她一句，不再和她理論。她笑一笑，出門上學去。我順手把手機放在桌子上，該幹什麼幹什麼。

一會兒，當我再次拿起它時，上面已有一條訊息和一個未接的來電，對方請我致電一個電話號碼。我撥過去，是電話的失主。我跟他約好時間地點交還手機，他拿回手機，彬彬有禮地說一聲「非常謝謝你」，便坦然離去，連水果都沒有留一個。

我想到香港的法例：任何人不誠實地挪佔屬於另一人的財產，要構成盜竊罪。拾遺不報，等於將他人的財物據為己有，金額越大，刑罰越重。一名香港出租車司機，曾經在除夕夜撿到一個裝有四萬元現金的錢包，並立即送交警署。他說，雖然自己缺錢，但不是自己的就不要。

法例歸法例，貪便宜的人依然比比皆是。幾年前，一部送鈔車途中發生故障，大量現鈔散落，引發一些人的搶奪，事後警方將搶鈔者重判入監。也有缺心眼的生意人坑蒙拐騙、缺斤少兩、以假亂真。

不止一個美國總統説過「美國引領世界文明」，這樣説確實不算謙虛，但是主流社會的拾金不昧基本不假。這種文化若想在某些地方發展，我想，十年二十年都渺茫。

76　豬耳朵能不能吃？

動物的內臟，如果烹飪得當，好吃極了，但是老美不吃那些玩意兒。週末，與 Tricia 兩姐妹郊遊歸來，路過中國城，Tricia 的妹妹問我有沒有什麼事情要辦。

「可以買點吃的。」我說。

「好啊，順便看看中國超市。」Tricia 說，話語證明，她倆尚未涉足過中國城。

在華人超市我如魚得水，熟練地找到在洋人超市沒有的豆腐、豆瓣醬、火鍋料。她倆對有些食物倍感陌生，妹妹一看見萵筍和豌豆苗眼睛就拉直。

「天哪！原來大自然還生產這些蔬菜！」她說。

萵筍和豌豆苗，我習以為常的小菜，在她們眼裏竟然這麼稀奇，她激動得像馬迷看見賽馬出閘，又像小女生看見愛慕的韓星。

在豬肉貨架前，豬頭、豬尾巴、豬內臟，看得 Tricia 皺眉頭，簡直有別於妹妹見到萵筍和豌豆苗。

「這些東西，拿來幹什麼？」她不解。

「吃呀！這麼便宜，在我老家，比瘦肉還貴！」我說。

「你們連這些東西都吃？」她疑惑了，頭一次知道動物的內臟可以吃。

「為什麼不可以？」我反問，也不理解她。

「豬的內臟，怎麼可以吃？」她重複這個問題，表情怪怪的。

Tricia 是我在波士頓交到的第一位白人朋友，因她，又認識了她的家人，從他們那裏，我認識了美國人的率真和樸實，也在諸多方面發現中美文化差異。

她有她的道理，洋人超市的豬肉只賣淨瘦肉，切得四四方方、整整齊齊，很好的賣相，一點骨頭都不帶，他們天生不會啃骨頭，除非是規則的豬排，吃魚也只買無刺的魚肉。什麼動物內臟，長成什麼樣子都沒有見過。

「挺好吃的。」我一邊說，一邊拿起一盒豬耳朵，看看日期，放進購物車。

「這是我先生的最愛。」我繼續道。

Tricia 從購物車裏拿起那盒豬耳朵，讀讀上面的英語，突然嚷道：

「親愛的，這是豬耳朵，你們吃豬的耳朵？」

「是啊，我老公喜歡極了，很美味啦！」

「No。小冰，別吃那東西。」這個直性子人，說著，就把那盒豬耳朵放回貨架。此時，隔山觀火的妹妹看不下去了，她斥責道：

「Tricia，打住吧，想一想尊重和禮貌。」她感到不平，譴責姐姐對我不公。

「難道你覺得那東西能吃？」Tricia 反問妹妹。

「那是人家的文化，是小冰的文化。」妹妹一邊說，一邊拿起盒子，重新放回購物車。

你一句，我一句，兩人把那盒豬耳朵搶來搶去。我嘴上不說，心裏覺得好玩，不就是吃個豬耳朵嘛！長在豬的頭上，看得見，摸得著，我還未吃雞腳、鴨頭、豬心、豬肺、豬大腸給你們看呢！

在妹妹的吆喝下，Tricia 不再説話。她看看我，又看看妹妹，搖搖頭，聳聳肩，無可奈何的樣子。

又回到蔬菜櫃，我拿起兩袋豌豆苗，扔進購物車。分手時，將其中一袋留給她們，説：

「今晚的蔬菜就它吧。烹調方法，待會兒在電話上聽我指點。」

至於萵筍，烹飪程序複雜，就不為難了，想必她們也做不出來。那天晚餐後，Tricia 打來電話：

「我們吃到了有生以來最美味的蔬菜湯。」（圖 27）

77 人情與狗意

Tricia 是我認識美國社會的一個窗口，我們在公園認識，閒聊之後發現了大家有共同的興趣，就成了朋友。一個東方女人，一個西方女人，雙方有差異在所難免，但是不要緊，遇事放對方一馬，和而不同。

Tricia 給我講她的人生，説他們美國孩子，十八歲是一個坎。可以自立，也可以不自立，取決於不同的家庭和不同的性格。中學畢業時，她的父母説，如果她繼續上大學，就負擔她在大學期間的學費、生活費、零用錢，旅行費自理；反之，如果停止學業，就停止供養。Tricia 是一個獨立性極強的女孩，她想先工作一段時間，找了一份工作，自食其力。幾年後她想上大學了，通過考試又重返校園，一邊讀書一邊打工，不再向父母伸手。

Tricia 常常向我嘮叨她的兒子 Shardow，我以為她真有一個兒子。直到有一天，看見她給兒子買「狗糧」，才明白原來是「狗兒子」。狗，二十多年前，是中國人眼裏有著看家本領、起防盜作用的畜牲。我的動物保護意識，是改革開放之後才逐漸形成的，而那時的美國人，已經進入狀態了。

那天我和先生應邀，帶小女兒 Joy 去 Tricia 家午餐。一進門，那條狗就瘋瘋癲癲地撲上來，搖頭擺尾地討好。一時間人語狗聲，場面沸騰起來。

「行了，親愛的，乖一點安靜一點！」Tricia 教育了一番，之後說：

「這是我兒子 Shardow。」說完又轉向那狗，道：

「親愛的，這是你的中國姨媽和姨父。這是你的表妹 Joy。」她這麼一說，那狗似乎就明白了，眨眨眼睛，憨憨地看著我們。Tricia 對那條狗說人話，我覺得好有意思，那時的我們，連「寵物」二字都不常聽到。

Shardow 興趣盎然地打量我們，對 Joy 特別感興趣。牠左看右看，圍著她睡的車籃子轉來轉去。黑眼睛、黑頭髮、黃皮膚，連五官也有別於主人，怎麼會有這樣的人！上世紀八九十年代，來到美國的中國人尚不多，或許這是牠第一次見識黃種人。一條教養有素的狗，被「媽媽」寵著，嘮叨著，有專屬的狗食、狗玩具，牠看我們好奇，我們看牠也好奇，狗與主人，這般親密，不曾見過。

「我們與牠之間的信任，是人與人之間很難建立的。」Tricia 評說道。

Tricia 結婚不久，她幽默、開朗、大度，很美國。她有一個帥氣體貼的工程師丈夫，喜歡看足球、踢足球。那天，丈夫做飯，夫人陪客，在開放式的廚房與客廳之間，我們談中美文化差異，談未來的日子怎麼過。其間穿插小夫妻的對話，這個菜怎樣做，下次到哪兒旅行。看著車籃子裏的 Joy，Tricia 憧憬自己未來要生多少個孩子。

「小冰，以後要讓 Joy 踢足球，我當她的教練。」男主人在廚房嚷道。

「你們太美國了！」我說。

中國人，美國人，這樣相處多好！假如這樣的家庭足夠多，一定會正面影響兩國的外交關係，而不是像電視上，一會兒親親熱熱，一會兒吵吵鬧鬧，一會兒搞出點什麼枝節，看似要斷絕往來，又斷不了。

還是少看新聞好，走進基層，民間的生活平平淡淡，挺好。

78 喬治和海倫

喬治和海倫，是康州一對基督徒夫妻。喬治是律師，上個世紀六十年代畢業於哈佛大學法學院，海倫畢業於威爾斯利女子學院，教育學專業，都是響噹噹的學校。精英知識分子夫妻，恩恩愛愛，令人羡慕。

認識喬治夫婦是二十幾年前做旅遊時。那天我們一邊走一邊聊，海倫説，當年他倆相識，是在哈佛大學與威爾斯利女子學院的週末舞會上。我告訴他們，我先生明年將去哈佛作訪問研究，他們聽了好高興！

友誼從那時開始。到美國後他們熱情款待我們，那些年大女兒丹曦去哈佛讀書，每到假期都去拜訪他們一次。丹曦留給美國入境處和學校的當地聯絡人，就是喬治和海倫，他們的家，是她在東部時的好去處。

兩家人，三個年齡段：老者，二十世紀六十年代從哈佛畢業；中年人，二十世紀九十年代去哈佛訪問；新生代，二十一世紀初去哈佛讀書。老中青三代的哈佛校友，可以講述不同年代的哈佛故事。

他們住在康州的格林威治小鎮，那裏富庶而美麗，長久以來，當地的居民以律師家庭和醫生家庭為主，近幾年，一些華爾街的金融大亨搬入小鎮。按照新英格蘭的建築風格，他們把家建成紅牆、白窗、灰瓦，那也是哈佛校園的建築風格，喬治對母校情誼深厚。

在幾十年前的嬰兒潮中，他們生育了一兒兩女，孩子們在良好的家庭氛圍中快樂成長、健康發展，家人之間親密無間。孩子們獨立以後，在每個傳統的節日，或搭乘兩三個小時的飛機回來，或駕車數十個小時從其他州回來。兒子媳婦、女兒女婿、孫兒孫女，十幾口人，好大一家子圍著好大一張長桌吃飯。

第一次拜訪他們，路上我滿腦子都是對美國人的舊印象。童年和青少年時期在四川成長的我，經歷了反蘇反美的年代，意識裏，跟美國扯得上關係的是抗美援朝和越南戰爭。有兩首歌成為了我心中的美國印象，一首是「雄赳赳氣昂昂，跨過鴨綠江……」，另一首為「動員起來支援越南，行動起來支援越南……」。

年少時聽過的新聞，侵略者、霸道、不負責任，聽了一遍又一遍，形成了刻版印象。真正見到美國人，是在上個世紀八十年代初，從事旅遊工作以後。原來，印象與實際的吻合之處，竟然是驚人地少。

「原來美國家庭也和我們一樣，淳樸，善良，滿溢愛，女人嫻靜，男人有責任感。」我對外子說。

「那當然啦，如果沒有一大批負責任的美國人，這個社會怎麼進步？而且進步得這麼快！」外子道。都是同齡人，但是他看得比我客觀。

喬治一家人親親熱熱，有意大利家庭似的溫馨，有中國家庭似的團結。他們在保持美國式獨立精神的同時，也關注親人之間親密無間的互動。認識他倆，沒想到可以編織出中美兩個家庭綿延二三十年的故事。

走訪他們的家，在那裏住一住，和他們一起吃吃飯，到處走一走，看看底樓的客廳、廚房、運動間，二樓三樓的起居室、工作室、兒童房，還有地下室裏的工具房、鍋爐房和儲藏室。美國的人和事，原來是這樣的。(圖 28)

79 海倫的尊貴

海倫很漂亮，即便撇開貴與不貴的服裝和配飾，也是個美人。漂亮，但是她不覺得自己漂亮，不會以己之美去揭他人之不美。良好的文化修養，賦予了她獨有的魅力和美麗。

不用金錢來換取自己在朋友中的地位，不以丈夫的尊貴來建立自己的人氣。那些東西不是永恒的，別人也未必在乎。

她儘量按照基督徒的標準，使自己的言行趨於規範，舉止達致完美。是妻子，支持丈夫的事業，欣賞他工作上的成就；是母親，當孩子們需要的時候，在第一時間出現。與她相處是一件愉快的事，她與你分享生活中的快樂，提出解決問題的方法，憧憬可期待的未來。

好比說，丹曦在她家練鋼琴時，她靜靜地坐在旁邊欣賞，待到一首曲子結束時她可能說：「我喜歡這首曲子。」像是自語，又像是告訴你。

她說喜歡，不是敷衍人，說話的同時起身，走向 CD 架，從上面找出一張有該曲子的碟，將之播放出來，讓練琴者從名人的演奏中得到啟示。

「這一段我要改進一下。」聽完播放，丹曦會這樣說，接著又練起來。

「比上次更好聽了！」海倫聽完予以評價，她的指點是實實在在的。

又好比說，如果看見年幼的 Joy 無所事事，海倫可能會演示一個遊戲，有聲音，有動作，有表情，讓孩子一看就產生想學的興趣；學會了，就留下了至深的印象，掌握了新的詞匯，達到了學習的目的。而且，孩子還可能學著海倫的樣子，饒有興趣地把遊戲教給小伙伴們。在威爾斯利學到的教育學理論，海倫在孩子們身上實踐到了極致。

海倫的尊貴，不體現在背的包是不是 LV，穿的衣服是不是 Hermes，用的化妝品是不是 Chanel。如果那樣界定就太膚淺了。她可能挎一個價值二三十塊錢的包，甚至連 Coach 的檔次都不是，但是那包一定具備被主人欣賞的意義，挎在她的身上，彰顯的是優雅而不是俗氣。我喜歡看她穿那件半新不舊的黑色呢子長大衣，那種大方隨和、雍容華貴，只需看上一眼，就能讓你銘刻在心。

在她家上樓的轉角牆上，掛有裝裱講究的畫作，不是名家作品，是子孫們的習作或塗鴉，當中包括中國姊妹丹曦和 Joy 的畫。稚嫩的作品一旦被精工裝裱上牆，就成了主人眼裏的藝術品。他們享受親人和朋友的成就，以孩子們的成績賦予家的意義。

海倫把家佈置得典雅、舒適、溫馨。家裏的藏書足夠多，多到散發出書香味；還有收藏，泥塑的《三國演義》人物，是喬治的最愛；中國竹編工藝品，是海倫的心頭好。每一件藏品都有一段故事，是夫妻倆到各國旅行時淘來的。

他們用歲月積累家的元素，讓尊貴變得含蓄。家裏隨處流露主人的閱歷、情操和精神財富。

尊貴與富貴，真不是一件好說的事。舉兩個例子，好比一個窮人，中了彩票八百萬，把一個家裝修得金光閃閃、富麗堂皇，這是富貴；又好比一個文人，將大部分收入用來買書和接濟貧民，這是尊貴。

80　喬治是一座橋

喬治喜歡中國歷史，是一個中國迷，特別著迷於三國時期。在他們家客廳的牆上，三個大大的相框裝裱了劉備、關羽、張飛的標準畫像。閒暇時研究三國人物，他能用英語把「三顧茅廬」的故事講得眉飛色舞，能把中國封建社會男人留辮子、女人裹腳，以及「嫁雞隨雞，嫁狗隨狗」的習俗說明白。

喬治一家住在康州格林威治小鎮的一個富人區。在書房的書櫃裏，有英語版的中國書籍和字畫；在家人活動室牆上，有一幅長江三峽水墨畫，那是根據夫妻倆的要求，請我們一位朋友的父親按尺寸畫的。

「此畫的作者並非名家呢！」當初我們明說。

「是真品不是贗品，這點很重要。」他們特意去紐約唐人街做了一個畫框，將畫掛在牆上，一掛就是二十多年。

喬治是一名正義的律師，他堅守人格的尊嚴，用自己的專業知識幫助窮人打官司，講究女士優先的禮儀，擁有精英知識分子的視野。他們從容地走路，不快不慢地說話，克己守禮，保持中庸，按自己的方式活得有意義。

每週上一次中文課；隔三差五地陪夫人去中餐廳吃中餐；定期參加律師界朋友們的聚會；按季節的週二晚上，和海倫去紐約大都會歌劇院看歌劇。

對中國文化求知若渴，對中國文學充滿想像。到訪他們的家不用帶大包小包的禮物，只需帶上一本小小的、有圖畫的《三國》故事書或三國人物小玩意兒，再加一個海倫喜歡的竹編工藝品，就已經能讓他們開懷，且興奮良久。

只是有一點我不理解，他們對中醫中藥沒有信心。那次我泡了一杯治療咳嗽的中成藥放在桌子上，海倫見到後說：

「中醫理論尚未得到論證，還是不要冒這個險吧！」與之相反的是，他們認可中醫針灸，一提起針灸，海倫就充滿感激：

「不少美國人用針灸治病，效果還不錯。我的朋友 Grace，她的肩周炎是老毛病，每次發作就去扎針，一扎就見效。」認可針灸，否認中藥，這是美國民眾對中醫的普遍心態。中醫，我想，恐怕要有了新的理論，他們才信服。

以職業的操守客觀地審時度勢，不偏不倚地評價外國和外國人。如今，中國飛速崛起，喬治和海倫真誠地接納並且為之高興，這樣的美國人，不是很普遍。

大概都這樣，祝福自己的祖國，祝福自己的孩子和親人，是情理之中的事；而祝福他人和他人的國家，卻不一定實心實意。但是喬治和海倫擁有這種可貴的品質，自己好，也樂見他人好。

我想到香港商界的一個洋人，盛智文。盛智文創建了蘭桂坊，又使海洋公園東山再起。有人問他：

「你做生意怎麼如此有遠見？」

「因為我瞭解中國，瞭解香港的未來。」

商人盛智文當年放棄加拿大國籍，加入中國國籍，一路走來，生意做得風生水起。他準確地預測了香港的未來，搭上了早期的經濟快車，發財機會接踵而來。

喬治是一位美國律師，也是一座中美友誼之橋。（圖 29）

81 一首夫妻讚美詩

喬治和海倫把他倆的照片掛在客廳、書房和家人活動室的牆上，從戀愛到結婚，從中年到老年，按時間排序。有的四目交投，互訴衷腸；有的是一方在悄悄欣賞另一方。一幅幅照片，猶如一首首夫妻的讚美詩。

婚後，喬治當他的律師，悉心為當事人辦案的同時，不忘呵護妻子；海倫當她的家庭主婦，帶孩子做家務，扶持丈夫。兩人只要呆在一起就心滿意足，任何一人外出回家，按下門內牆上的對講機時，第一句話一定是：「Hi，親愛的，你在哪裏？我回來了。」

房子大，房間多。要找人，他們會用對講機定位，確認另一半在家了，心就安了。聽到聲音，在家的那一位就好快樂，如果是海倫，她可能說「太好了，我在手工房，這就下樓來」；如果是喬治，他可能說「我在書房，等你回來呢」。和老伴兒在一起心裏就踏實，他們之間親密無間。

海倫早年就淡泊於事業，專注於家人的起居和寧靜的生活，並從中獲得滿足感。她自己打理家務，烹飪佳肴，打掃房舍，看書聽音樂，擺弄花園，參與教會的義工活動，家庭生活該有的都有，不該有的一件不留。

日復一日，無論社會事物怎樣形形色色，她都默默甘於平凡，不因畢業於名牌大學而傷感大材小用。擁有良好的教育背景，卻甘於家庭婦女的平淡瑣事。

一天，我以一名中國職業婦女的身分，評價海倫的生活道：

「那麼好的學歷，不工作，多可惜呀！這要在中國，很難理解的喲！」

「上帝、丈夫、孩子和家庭就是我的一切，我滿足了。」她回應道。不需要付出勇氣，她覺得留在家裏是一名妻子和母親的職責，順應家人的需要，樂在其中。

喬治的愛則是來得實際。他明白妻子充滿愛也需要被愛。我問海倫：

「你從年輕時就留在家裏，有過鬱悶的時候嗎？」

「哈哈哈！哪個女人沒有過！」不等海倫回應，喬治已經接過話題大笑起來，還好，杯子裏的咖啡沒有溢出來。

「喬治，你怎麼處理海倫的鬱悶？舉個例子，好嗎？」關於他們兩個的幸福，我積攢了一大堆的好奇。

「比方說，我堅持每個禮拜給她買一次鮮花。下班回來，當她聽到『海倫，鮮花在廚房』，臉色立馬陰轉晴。」喬治道。

「感到他心裏有我時，鬱悶就沒了。」海倫笑一笑，他倆都因對方而心定。談起當年的戀愛史，兩人依然情意綿綿，依然滔滔不絕，那些老故事，我也聽熟了：

「哈佛和威爾斯利，前者男生多女生少，後者只有女生沒有男生。兩校有的放矢，經常組織週末舞會，為男女學生創造認識的機會。感謝舞會把我倆連在了一起。」晚餐廳裏，主人席和女主人席上一直擺著各自母校的木椅，哈佛大學和威爾斯利女子學院的畢業紀念品。

喬治退休後，他們有更多的時間在一起。才子與佳人的搭配，令朋友們羨慕，令周圍人羨慕。在哈佛和威爾斯利兩校之間，他倆的關係曾經是一段佳話。

82　喬治的紅包

為慶祝小校友丹曦從哈佛大學畢業，老校友喬治和夫人海倫舉辦了一個派對，邀請我們一同參與並住幾天。受邀者有二三十位，都是他們的親戚、鄰居、舊同事。

客人陸續到達，場面熱鬧起來。男士穿西裝、繫領帶，女士穿高跟鞋、吊帶裙。美國人隨和，他們不照搬歐洲紳士文化，也沒有英國貴族的傲慢。來者隨意拿起一杯葡萄酒，自我介紹或者相互介紹，看見陌生人點點頭，碰到熟人說說上次的見面時間。握手為禮，女士優先，避談私事。酒可以喝也可以不喝，喝多喝少自便，也無須顧慮要說什麼或不說什麼。

燒烤架搭在泳池邊的草坪上，葷素搭配，牛排、龍蝦、芥藍、蘆筍，還有貝絲自製的羅宋湯、沙拉和餐後甜點。貝絲是喬治夫婦的大女兒，每逢家裏舉辦派對，三個兄妹當中，至少一人回家操持，父母年邁了，需要他們照顧。

五月底，草坪邊的玫瑰開得正好，泳池也已在嚴冬之後重啟使用。八十歲的喬治站在燒烤架旁邊主廚，每當有客人到來，他就介紹是次派對的理由，同時介紹主角丹曦。

他們請了兩三位與中國有關的客人，Catherin 和 Judy。Catherin 的女兒在香港附近的廣州工作；Judy 是喬治的鄰居，因這對夫婦的緣故，喜歡上中國文化；還有喬治的妹妹 Ann，也是個中國迷。

食物裝盤以後，大家進入餐廳進食。長方形的餐桌，喬治坐在前方的主人席，貝絲坐在後方的女主人席，客人坐兩側，座位按照「輪換原則」安排。「輪換原則」，即男士和女士相間坐，以此兼顧與異性談話。考慮到 Judy 和丹曦要談事，安排她倆坐鄰座。Judy 和丹曦都是女性，看來男女相間的規矩也不是一成不變。

派對氛圍雅致祥和，席間沒有人勸食勸酒。主食之後，貝絲去廚房準備甜點，我也跟著去幫忙。我們把牙籤插滿果盤，把草莓切成兩半放在蛋糕上。貝絲熱情、大方、優雅，完美地繼承了母親海倫的風格。

慢條斯理地邊吃邊聊，不是討論人生哲學，就是討論紐約最近有什麼藝術展。沒有人談政治，也沒有人說金錢，更沒有人論個人恩怨、是非長短。牆上有每一位家庭成員的生活照，餐桌餐椅是上兩代人傳下來的橡木老傢具。

餐後主人把賓客帶到客廳，待大家就坐，喬治拿出一個紅包，他說：

「發紅包是中國人的習俗，代表祝福。祝賀我的校友丹曦順利畢業！」

丹曦突然好激動，根據美國人的習慣，她當眾打開紅包，驚訝地說：「三百美金，怎麼這麼多呀？在香港，我們一個紅包通常是二十元呢！」

「『三』，廣東話諧音『升』。『百』，百福也！」喬治說。天！他比我們還懂！紅包，長輩發給晚輩，上級發給下級，中國人發給外國人。一個美國人發紅包給中國人，真是新鮮事！

多年以後，可能我會忘記很多事情，但是不會忘記這次派對。對於美國人的認識，如果沒有喬治夫婦，我可能很難這樣侃侃而談。最多停留在老三句：你去過中國嗎？喜歡熊貓嗎？香港的叉燒包好不好吃？（圖 30）

83 桃花源在心中

舊文人筆下，中國的〈桃花源記〉、《西遊記》，外國的《七個小矮人》、《愛麗絲漫遊仙境》等，都是讀完之後久久不能忘記的作品，裏面描述的環境和情節，可以使人回味很久很久。

美麗的景觀和人文生活，並不是作者憑空想像的，很多是他們童年的經歷和對美好人生的憧憬。但是時代已過，故事不能重現，現代人離不開烏煙瘴氣的網絡，我們避不開干擾，很難活得與眾不同。

但是喬治和海倫的家是傳統的，是美國北方洋基佬式的模式，是多數有責任感的美國家庭之一。洋基佬（Yankees），其傳統特色在於尊重多元，重視教育，支持亂中有序。他們的日子過得簡單而平常，家居佈置自己動手，飲食由海倫親自做，即便有錢也不請保姆。在享受現代工業文明的同時，他們自然地、符合常理地生活。

在早餐廳吃早飯，一邊吃，一邊翻報紙看股市。早餐幾十年不變，固定的牛奶麥片加香蕉藍莓。餐廳外草坪青綠，泳池水波蕩漾。康州一年四季陽光充足，天氣優良。遠處是碧藍的天、秀麗的山、婆娑的樹。近處花園裏有一些盆栽，如薄荷、紫蘇、意大利香草和中國芹菜。每天都需要打理，偶爾家裏蔬菜缺貨，去院子走一圈，可滿足當日所需。

到了晚上，他倆常常坐在院子裏享受四周的靜寂。滿天的星斗，月亮吊在半空，月光如水銀泄地。有一次，Joy 去他們家，喬治説：「在一片明亮的夜晚，坐在月光下，能激發人的思維和想像。」那晚的月光，Joy 告訴我，堪比三五瓦的日光燈，讓她想起書中那個家境貧寒、買不起燈蠟的主人公的學習狀況，晚上要借助月光學習。Joy 相信，這種描寫是可信的。

我欣賞他們一大家子人一起吃飯的氛圍。侃侃而談，父母談生活、談教會、談生活中的細細碎碎；兒女和媳婿話公司、話社交、話生活的美好和世故的繁複；孫子輩議論校園生活和心中的追求。家庭觀念強，兩性關係嚴謹，把感情看得勝過金錢。他們相信，親人之間不經意流露的東西，是人生的真諦。

初時，Joy 好奇他們的環境，完全不同於自己在香港的家。海倫告訴她，院子裏常有花栗鼠出沒，她便去找，尋思找出點蹤跡。當發現一個花栗鼠洞時，就叫老人家去看。喬治看了説：

「花栗鼠對草坪造成破壞，但那是自然界的一部分，不必太在意。」

「是的，自然界需要平衡。」Joy 説著想著，在她年輕的心裏，多了一份對大自然的尊重。

世態繁雜，創造機會把生活過得愜意一點，倒也是做得到的。週末約朋友到郊野探秘，與家人外出野炊。收穫溫馨的同時，可能丟失一樣物品，可能刮破皮膚流一點血，也都是人生的經歷。

是的，無論大名鼎鼎還是默默無聞，大部分時間我們都生活在自己的細節裏。不同的是，有的人能在細節中品味快樂，有的人卻不能。喬治和海倫屬於前者，桃花源在他們心中。（圖 31）

84 過日子求穩

十八年後重訪喬治和海倫的家，康州格林威治那個小鎮還是老樣子，簡直沒有變，連喬治和海倫自己都說，他們過得很平靜。

如果一個地方設施完善，環境宜人，安全有保障，幾十年不變其實是當地人的福氣。老一輩人大都喜歡四平八穩的生活，不希望在平靜的日子裏鬧出點什麼麻煩。

在格林威治火車站下車，過一座天橋拐一個彎，再往前行駛一小段路，又見那條熟悉的河流了。河水依然清澈，原野依然秀麗，房屋依然稀疏，兩岸的面貌可以與十八年前重合。近二十年，房子沒有增多，原野沒有減少，城鎮沒有擴張，空氣沒有渾濁，難怪他倆說日子過得平靜！

小河是海灣的延伸部分，具體地說，那不是河流，是海灣。水位隨大海的漲潮而起，退潮而落，但是兩岸沒有因海水的沖積，留下人類的垃圾。漲潮時，海浪捲起海水推進小河，一波高過一波，見底的河床在極短的時間內就變成小溪，小溪又變小河，小河又變大河。退潮時，流水向著大海，一波低過一波，大河變小河，小河變小溪，直到只剩下河底坑坑窪窪的淤泥和石頭。

因此，如果你在同一天不同的時段路過這裏，所見的水位是不同的，乾涸或者滿溢，都可能。這是一種值得觀察的自然景觀，長期生活在內陸的我，增加了對自然界的部分認識。

原野單純極了，只有樹、草坪、房屋、小路和動物。上帝賦予喬治夫婦恬靜溫馨的滋養。他們雖然也使用網絡，卻不沉醉其中，用喬治的話，「沉醉於網絡，會使人喪失淳樸，找不到自我，變得過於精明勢利」。我贊成這個說法。

他倆寵養了一群天上的鳥兒，鳥兒們與他倆混得相當熟了。第一次到來時，喬治下車後在門外站了好一會兒，他先介紹飛來的鳥兒，哪一隻是最老的朋友，認識了多少年；哪一隻是什麼時候加入的，在什麼情況下加入。精靈們心有靈犀，每當主人駕車歸來，便遠道飛去迎接，汽車在公路上行駛，牠們在天空中飛翔，前引後送，直到主人把車駛入車庫，關閉引擎。

此時牠們還不肯離開，站在外面的路上、樹枝上、無線電的天線上，等候老朋友出來跟牠們說早晨好、下午好或者晚上好。如果得空，喬治總要和牠們一陣對白之後，才進房內。

早餐廳外面掛著一個餵鳥的盒子，用餐時如果遇上鳥兒飛到盒子進餐，夫婦倆會悄悄觀察，看牠們用小嘴巴啄食，仰天咀嚼，抖動羽毛，吃飽喝足的樣子。

「看鳥兒們吃得享受，我們也開心！」海倫說。寵養野鳥，並與之對話建立關係，這種恩賜只屬於會生活的人，屬於踏踏實實過日子的人。

春天弄玫瑰，夏天觀鳥，秋天看紅葉，冬天聽雪，還有看歌劇，博覽群書，會朋友，他們的日子充實、素雅、寧靜。過日子求穩，是我們祖輩的追求，但是現代人求變了。

85 漏報的世界遺產

「…… 成都青石橋的那家肥腸粉店，還在嗎？附近的自由市場，還在嗎？」電話那頭，海倫問。

「不在了，取而代之的是高樓大廈，開商場賣名牌了。」我遺憾地告訴她。

曾經，喬治和海倫在六年的時間內，三次到中國大陸旅行，當中兩次停留成都。重訪成都的原因，是因我們在這裏。那家肥腸粉店的粉條製作過程和運作場景，深深地吸引著他們，喬治將這事物看作「一個漏報的世界文化遺產」。

那天我陪他們逛青石橋自由市場，一個極具成都市井氣息的地方。鳥市、魚市、菜市，熱情的小商販、討價還價的市民、挑三揀四的大媽，他們對什麼都感興趣，半天不肯離開。

行至青石橋與鹽市口交界的一家肥腸粉店，他倆一站就是大半個小時。回家後，海倫把她的日記發給我，她這樣描述：

「那家店不大，舖面簡單卻生意火紅。門口有一個烤爐，裏面烤著一種被稱為『鍋盔』的餅。旁邊是灶臺，灶臺上架著兩口鍋，一口鍋裏熬煮湯汁，豬骨、雞骨、豬腸熱氣騰騰的上下翻騰。另一口鍋燒滾水，一位中年男子站在鍋臺前製作粉條。他左手握著一把盛著粉糊的漏勺，右手握成拳頭，有節奏地拍打漏勺裏的粉糊。在拍打的壓力下，粉糊穿過漏勺的漏眼，成線狀地擠出，從上到下，由粗變細，進入沸水。待到從沸水鍋裏撈出時，粉糊就成了粉條。

「製作粉條的過程趣味橫生，食客們看似吃得很享受，他們一口鍋盔餅一口粉條，碗裏的湯汁色彩鮮艷，辣椒油通紅。食客以女人和孩子為主，孩子們辣得滿臉通紅，冒著汗，吃得很投入。場面活鮮鮮的，充滿生氣，小冰說，粉條又酸又辣，她也愛吃。」

「這個技術可以載入世界文化遺產。」走出小店，喬治說。

「是啊！怎麼沒有申報這個項目！」海倫附和著。

在都江堰水利工程，海倫幽默地問喬治：「兩千多年前的工程，那時美國在幹什麼？」哈哈哈！喬治以笑作答。

在黃龍鎮，我們漫步石板路的街道。那時 Joy 尚小，中國還沒有嬰兒推車，要抱著。途中喬治接過她，放在自己肩上。身高兩米的喬治，肩上坐著一個小女孩，一位路人見狀說：「大的那麼大，小的那麼小，對比度好大哦！」我把此話翻譯給他倆聽，海倫叫我告訴那人「你的語言很生動」。

都江堰、青城山、肥腸粉店、名牌商店，在傳統與現代之間，我感覺遊客似乎更在意傳統；用本地特色做生意，生意似乎更好做，大家都有的東西，不適合做旅遊。

「再來香港看看！這裏還保留不少舊玩意兒，如唱大戲、打小人、搶包山、舞龍獅⋯⋯灣仔鵝頸橋下的『打小人』，『巫婆』拿拖鞋打剪紙上的小人和白虎，為諸事不順、小人纏身的當事人把『霉運』打得退避三舍。」多年後我們到了香港，我說。

「哦？還有這些事？我們上次到香港沒有看到！」

「還有文化人為它申請世界文化遺產呢！說不準哪一天就真的成世遺了！」

86 房大房小都是家

成都朋友訪港，請到家裏坐坐，一進門他們就說：

「怎麼這麼小？」

「七百多平方尺，老大不在家，小的週末才回來，三個人住，在香港算中等偏大。」我說。

聽我這麼說，他們就搖頭，還在嘴上「嘖嘖嘖」！

假如你是香港人，聽我這麼說，一定會認可。香港人的家小，即便那幾個進了《福布斯》富豪榜的巨頭，他們的家也大不過同等富有，甚至低一級的美國富豪們的家。

康州的格林威治一帶，豪宅雲集，喬治和海倫帶我們去兜一圈，一路上聽他們講美國的富人區。

「美國有三大著名富人區：西部洛杉磯的比華利山莊，是荷里活娛樂大亨們的家；中部德州，很多石油大亨住那裏；東部康州格林威治一帶，有不少紐約的金融大亨。」海倫說。

格林威治小鎮到了，距紐約曼哈頓一個把小時的車程，六萬人口，美麗、安靜、整潔，犯罪率極低。CNN 在 2012 年將這裏評為最適合居住的城鎮之一。居民以醫生和律師家庭為主，近年一些大財團的總裁、高管、華爾街大亨陸續搬入。

一棟又一棟的豪宅獨立而居，深藏密林，花園環繞。與草甸、森林、湖泊為伴，有的如莊園矗立原野，坦坦蕩蕩，周圍不見其他房舍；有的像碉堡宮殿，感覺亦真亦幻，看似歐洲中世紀貴族的家園。宅子通常附帶正規比例的籃球場、網球場或高爾夫球場，太大了，目之所及，整個世界仿佛就一戶人家。

途中，海倫指向一家人的高爾夫球場說：「這個高爾夫球場，接待過時任總統克林頓。」

「他們怎麼需要這麼大的房子？」就像劉姥姥進大觀園，我明知這樣問很傻，還是問了。

「Face!」、「面子！」喬治和 Joy，一人用英語一人用漢語，幾乎同時以中國式的幽默說道，他們很懂這個流行詞。

中途我們迷路了，喬治根據陽光的高低，判斷當時所處的位置。

「可以安裝 GPS。」外子說。

「我們考慮過那玩意兒，但是喬治相信自己的智慧足夠用。」海倫道。

為了便於我們觀看，喬治慢慢開車，說：「這一帶的安保嚴厲，不便停車。停車會引起關注。」

「我們會不會被指責『慢得不正常』呢？」Joy 有點擔憂。

「哈哈哈！我是老人家！反應慢，正常！」一陣大笑，八十歲了，他終於首次以幽默的方式承認自己是老人。

靠海的宅子是另一番景象，大片的草坪，海邊有小木屋，木屋前有帆船。豪宅、木屋、帆船、大海，如果拍下來，張張都是風景畫。

轉來轉去就下午了。在一個叫 John Beach 的海灘停車，我們隔海相望長島（Long Island），島上只有平房，沒有高樓。

「聽說長島是富人區，是嗎？」很多中國人都這樣想，我也是。

「為什麼這樣講？」海倫問。

「大概因為宋氏家族代表財富，宋家大姐生前住那裏。」

「沒有格林威治這邊富有。」喬治說。一會兒，兩個說普通話的女人散步過來。

「近年開始有中國人搬進這一帶。」海倫說。話者無意，聽者有心，我琢磨那兩個人的身分。

房大是家，房小也是家。港人的家雖小，我們卻深深地愛著自己的家。

87 美國海關的寬與嚴

一個問題越來越大，越來越複雜。那就是在全球範圍內，人與人之間的交流，國與國之間的往來，防範越來越多，信賴越來越少。反移民、隔離牆、情報搜集，各自為陣，嚴防死守，卻又防不勝防，守不勝守。

海關是各國有各國的嚴厲。同是發達地區，像我這般的良民，在香港機場、維也納機場、鹿兒島機場等，過海關只須刷卡、刷臉、驗證，之後便可在休息區隨意往來，直至登機。但是飛往美國的休息區是被圍起來的，要再查一遍，再過一次安檢。

著陸美國之後的檢查，更是了得。先自助檢查，核實證件，查對指紋。之後才面對官員，審查信息，接受詢問，再次核對指紋。

核對指紋是入關的關鍵環節，不同的是，美國海關更繁瑣。為你的左手及右手分別取證，拇指一次，其他四指各一次，加上在自檢時按下的手印，光是指紋，就取證五次。

最囉嗦的是官員。我佩服美國海關官員的敬業精神，他們深入細緻，不放過任何一個蛛絲馬跡。打個比方，假如要統計各國海關花在每位入境者身上的審查時間，香港半分鐘，奧地利一分鐘，日本一分鐘，那麼在美國，則需要七八分鐘、十來分鐘，甚至更長，絕對滴水不漏。讓更高級別的官員再審，也不算偶爾，美國洛杉磯海關的重審率，佔不少的比例。一個小小的環節，抽絲剝繭，擴大了再擴大。

我和先生赴洛杉磯探親，多次入境了，資料完善，紀錄良好，一切順利在所必然。海關先生客客氣氣地與我們彎彎繞：第一次入境是哪一年？第三、四次在哪一年？第三次為什麼來？第四次住了多久，目的何在？

他看看我們填寫的兩張入境表，問：

「你們是夫妻，為什麼要填兩張入境表呢？」

「一人一張！是這樣想的吧。」外子說。

之後，海關先生埋頭在一張紙上畫畫，畫成之後遞給我看，畫上有平起平坐的兩座山。

「這裏有幾座山？」他問。

「先生，你真幽默！」我是真不明白他用意何在。

「是幾座呢？」

「兩座！」在賣什麼關子，我想。

「No！不是兩座。」他糾正道。接著又在下面畫一座大山，將兩座小山連起來。

「你是說，一座山上有兩座峰吧？」

「這就對了！因此，你倆只須填寫一張表。」他豎起大拇指。之後又轉向我先生道：

「你夫人真厲害！」

「1993 年你是來讀書嗎？」他又問我。

「不是。他去哈佛，我陪著。」他明知故問，沒話找話說。

「哦！」沒話再問了，他蓋章，退還護照，放行。

「旅途愉快，晚安！」

「再見，晚安！」

離開櫃檯，我們忍不住覺得好笑：

「真囉嗦！還『打個比方，幾座山』，還『真厲害』，其實都有紀錄。」我說。

「職業習慣，多繞幾圈，如果有問題，就被他繞進去了。」

入境嚴，而出境卻異常簡單。美國不像其他國家，要辦理出境手續。辦機票、過安檢、登機，出境時竟然沒人給看護照，沒人給蓋章，隨隨便便就離開了美利堅。

88 是敬業還是刁難？

出國旅行，下飛機到海關報到，在那裏能獲取對當地的第一印象。遊客對各國海關的印象，普遍認為香港的溫和，歐洲的嚴肅，日本的中規中矩，而諸如菲律賓、越南、柬埔寨等，要事先準備十塊二十塊錢的小費。

提問最多的是美國海關官員，如果遇到類似上一篇提到的那位先生，那算你運氣好。如果遇到一位感情用事的關員，那你的待遇得取決於她當時的心情，她好你好，否則大家都不好。

多年前一次到訪美國，從洛杉磯機場入關。在那之前，一個香港旅行團剛剛在菲律賓遇襲，時任的菲律賓總統阿基諾三世（Aquino III）對香港人很不友好，事件處理得一塌糊塗，兩地關係降到了最低點。

那天接待我的美國海關官員是一位亞裔女士，從她濃濃的、帶鄉音的英語中，我感覺她是菲律賓裔美國人，那種口音香港人太熟悉了，菲傭姐姐們都這麼說話。

女士向我提一大堆的問題，沒問出什麼名堂以後，我以為她就要蓋章放行了，可她卻說了一句「得重審」。重審，不會是因為我持香港特區護照吧？否則，一定是她另有心事。

在一個寫著「Review」（重審）的屋子裏，好多人在等待接受重審。我借用他們的當地電話，告訴在外面等候的親人：「海關要重審，得多等一會兒。」

一位洋人女士接待了我。她掃描證件，看看資料，又打量我，一個問題不問就說：

「You are OK!」話畢，在護照上蓋章，放行。

「Are you sure?」我感覺她們的標準迥異，提示她應再次確認。

「沒事。」她笑一笑。

「請問，開頭那位女士，認為我在哪個方面有問題呢？」看她表情善良、隨和，我又多問一句，同時指向前方櫃檯。

「誰知道？」她聳聳肩，攤攤手，一副無可奈何的樣子。

過了海關取行李，發現行李箱被摔壞了，心裏不爽，這次我要維權。

「對不起，先生，我的箱子質量不算差，不新也不舊，我要求賠償。」我對行李先生說。

他看看我，稍作沉默，問道：「你是從那邊過來的吧？」他指指「重審」那邊。

藏不住事，估計我當時臉色不好看。行李先生不和我理論，直接去後臺，拿來一個大小相當的新箱子，道：「這個行嗎？」

「行吧！」我說。是啊！這才是老美的作風！

「我天生一副良民像，今天不是嗎？」見到女兒，我問一個問題。

「媽媽，管她的，這事兒到此為止吧！」她安慰道。

美國自九一一以來，安全條例更加繁複，海關管理更加謹慎，處處草木皆兵，加上特朗普的「美國優先」得罪了太多國家，這樣嚴厲也是不得已。

我欣賞和藹可親的香港海關官員，也欣賞嚴謹的歐洲官員和日本官員，以及彬彬有禮的中國大陸海關官員，還欣賞多數幽默隨和的美國海關官員。

從洛杉磯機場返港時，一位國泰航空的地勤先生用粵語跟大家說話。粵語不是我的母語，但是在香港住久了，聽起來有親切感。香港雖小，各國友人進出隨意，串門似的。

89　成都人在洛杉磯

洛杉磯地處南加州，溫帶，靠海，空氣乾爽，常年溫和，是不少華人過日子的首選地。唐人街、中國人和中餐廳，華人超市和華文電視，普通話、廣東話和各地方言，以及看中醫、抓中藥，連四川產婦坐月子吃的醪糟都有。至於英語，你只會 Yes or No 也無妨。

湊巧有幾位同學定居洛杉磯，去了就見個面。聯繫上了老姚，他開車把我們接到一家港式茶餐廳，說：

「做 IT 的小裴也住附近，他正往這裏趕；王同學回國探親了；廖同學在達拉斯，通知晚了，否則也要來的。」

畢業幾十年了，大家臉上的皺紋、白髮、滄桑，坦坦蕩蕩。我們用四川人才聽得懂的家鄉話聊天，少說現在多聊過去。當年誰對誰有意思，老師喜歡你不喜歡我，某次活動場景如何。陳年爛芝麻的事，幾十年之後又翻出來說，口沒遮攔，津津樂道，還添油加醋，說錯了也不要緊。

老姚這個稱呼，是我們同學之間叫的，他原名姚茂勛，洛杉磯的不少華人都認識他。除了這，他還以「黃埔級明星導遊」、「勞模級百科」在當地著稱。這位同學、同鄉、同行，來美幾十年，一直幹老本行，在旅遊業打拚，推動中國人赴美交流和觀光。老姚曾多次參與接待國家領導人的訪美活動，包括在 2012 年二月參與接待時任國家副主席習近平先生的訪美活動。

一個男人，不論長相，只要為人踏實，辦事有效率，就會在人前有型有款，老姚是這種人。他工作的目的性強，不為賺多少錢，只憑熱情做事。有些旅行團，明知不賺錢，他也做。幾十年的工作，看似火紅，生活方式卻簡單，普通人眼裏的奢侈、豪華、名牌，他不太上心。

「你生意這麼好，換一個人，早就發達了。」我直截了當地說。

「中國人來一趟美國不容易，很多人是第一次也是最後一次。如果給他們留下太多的商業記憶，對不起人！」這是一個有擔當的成都男。

一位當地人描述老姚：「他工作執著，好比說，到洛杉磯的旅行團都想去 NBA 湖人隊看看，拍個照，向球星問個好，繞球場走一圈。有幾次時間看來不允許，他算來算去，還真在去機場之前，帶大家了一個心願，遊客們樂壞了！對於回扣，老闆給五百他收三百，說人家做生意不容易，哪能給多少收多少。」

餐廳裏都是華人，偶爾一兩個金髮碧眼的，是當地華人的媳婦或女婿、孫兒或孫女，也都能說幾句中國話。英語，在餐廳內反倒像外國語。改革開放幾十年，中國人一批批地來到洛杉磯，所到之處，興旺了再興旺。

到處可見中英文的雙語招牌，公司、商店、學校，有的還是中文比洋文大，或者中文在上而洋文在下。看著看著，你會忘記自己身在何處，又在心裏琢磨，那些招牌是從中文翻譯過去的呢，還是從英文翻譯過來的？

飯後小裘結了賬，又請大家去他家坐坐。小裘是當年的小兄弟，習慣多做、少說。路上老姚在一家西洋參店停車，買了兩盒上好的西洋參，一盒拿去孝敬裘媽媽，一盒放進我們的包裹，說「美國特產，帶回去」。有錢及時花，他大概覺得，留著貶值了不合算。

90 美國的中國生肖郵票

「美國郵政總局在發行中國生肖郵票，你們集郵吧，快去買！」海倫在電話那頭告知我這個消息時，我還半信半疑。

「在美國發行中國郵票？這麼好？」

「是的，每年在春節期間都發行一套中國生肖郵票。」

「真有意思！」消息令我驚喜，集郵，外子也喜歡。

和中國人說生肖，喬治和海倫大有天涯若比鄰的感覺。1993年，中國農曆年是雞年，那年我們第一次到美國，恰逢美國郵政總局從那年開始，每年發行以中國生肖為主題的紀念郵票。時至2017年，掐指一算，美國郵政局已經連續發售了兩輪中國生肖郵票。

兩輪生肖，二十四年，郵政總局每年請一位中國設計師設計郵票圖案。1993年的開局版，出自夏威夷華人設計師李健文之手，民間剪紙風格，色調明快，喜氣洋洋，一派歡天喜地過大年的景象。

在2005年，第一輪生肖到頭時，美國郵政局把連續十二年發行的中國生肖郵票集結起來，以小全張的形式重新發行。1993年首發時，平信郵票的郵資每枚廿九美分，到2005年發行小全張時，每枚已漲到三十七美分。

於是，小全張的面值也被改成三十七美分。三十七乘以十二，每套價值四點四四美元。三個四在一起，是華人忌諱的數字，不妥。為了迎合習俗，他們索性發行雙面的小全張，把十二枚變成廿四枚，郵資四點四四乘以二，得數八點八八美元。三個八在一起，很吉祥！

發行雙面小全張，在美國郵政史上是罕見的，郵票一上市，就在華人群體廣受歡迎，或者自己收藏，或者買來送禮，值了！事情沸沸揚揚，一時間，美國郵政局賣得不亦樂乎。

故事還沒完。到了2006年一月，他們又推出單枚的、面值三十九美分的新版小全張。新版發行同樣廣受歡迎，據說僅此一項，美國郵政局收入就近兩億美元。2008年的那一套，是以十二生肖為背景的剪紙、漢字、水仙、鞭炮、牡丹、紅燈籠、富貴金桔等，很吉祥，很有中國味！

會做生意的美國人，他們因此賺了多少，我們很難知道，或許連他們自己都不好意思說出來！美國郵政局把中國生肖郵票的價值，發揮得淋漓盡致。

那年我們買了兩張小面值的雞年郵票，不圖升值賺錢，只圖存個念想。我告訴喬治和海倫：

「明天就去買，你們呢？」

「已經買了。」

作為「民間大使」，中國生肖郵票促進了中美兩國人民之間的交流。集郵是一種文明行為，既物質又精神，生肖郵票是海內外華人的心頭好，也是美國人對中國文化的一種遐想。

說起喬治夫婦，話題又來了。他倆喜歡中國，不是那種只在嘴巴上說說，而不清楚究竟喜歡什麼的美國人。他們下工夫，花時間精力，瞭解中國，研究中國。喬治對《三國》故事的把握，比方你弄錯了人物，或者把內容說反，他可以給你糾錯。

美國人在美國發行中國的生肖郵票，中國人在美國搜集當地發行的中國生肖郵票，這種現象，是不是挺耐人玩味的？

91 平平仄仄的魅力

「多少年我們苦練英文發音和文法，這些年，換他們捲著舌頭，學習平上去入的變化。平平仄仄平平仄，仄仄平平仄仄平……」一次春節聯歡晚會，一群外國留學生表演的這個節目，生動地概括了漢語，或者說普通話，在世界的地位。

從二十世紀末開始，漢語潮在世界範圍內掀起狂瀾，來勢兇猛。但是，早在四十年前，就有老美迷上漢語，那也是不爭的事實。那時候，還沒有幾個人能預測漢語的前景。

喬治最初萌發學漢語的原因，是為了幫中國人打仗。

「我學漢語的原因很簡單，當年在美國空軍服役期間，有高年級同事被派往中國戰場。於是我夢想有一天上司突然對我說『喬治，現在輪到你去中國了』。」他說。

「實際上，他在五十歲那年才開始學漢語。初期是自學，後來有條件，就請漢語老師到家裏來，只要不外出旅行，每個禮拜都上一次課。」夫人海倫道，她是見證者。

「那些方塊字很好玩，象形、形聲、會意、指事，越看越有意思。」喬治描述他對漢字的感覺。

五十歲的人新學一門外國語，書面語和口語的學習效果，落差可以很大。就看書閱讀而言，他看完了中文版的《三國演義》和《水滸傳》；但是到了口頭表達，他卻張不了口，看見的是中文，說出來的是英語。

心中有內容，即便用英語，說起來倒也頭頭是道。那次好久不見面，見面時他用貌似普通話的音和調，發出四個字音。那是怎樣一種發音啦！是中國話嗎？看我們茫然的表情，他大概明白自己的發音有多離譜。於是他取出漢英字典，查找給我們看。呵，原來是「歡迎到來」，好可愛！

五十歲起步學漢語，在沒有網絡的年代，在沒有語境的影響之下，他自己「學而習之，學而固之」！

「你怎麼這麼喜歡漢語？」Joy 對他的熱情頗感興趣，問道。

「一來喜歡中國歷史，二來看好中國的未來。」四十年前，他已看好中國的未來！

一種語言是否流行，取決於它所在地區的經濟實力。改革開放之初，東南沿海地區經濟發達，萬元戶、十萬元戶、百萬元戶，如雨後春筍般的湧現。一時間，舉國上下以說粵語為酷，粵語歌曲唱遍了大江南北。

隨著中國經濟全面提升，開始流行說普通話，加上姚明現象，阿里巴巴、高鐵以及各行各業騰飛，地球村村民突然醒悟，不學漢語不行了。據報，全球學漢語的外國人已達四五千萬之多。

「學漢語成為一種時尚，學歷越高的家庭，越不惜花時間、精力和錢財讓孩子學漢語。Catherine，你們認識的，兒子兒媳在廣州辦公司，孫子在廣州讀書。一家人都會普通話了。」海倫說，她以老鄰居為例。

「很多美國公司招聘時，喜歡取錄專業成績好，同時中文程度也不錯的求職者。」畢業後新入職公司不久的丹曦道。

92　美國軍人愛中餐

中餐的口味，似乎已經被地球村所有村民接納。中餐與西餐因地域之差、文化之差、人種之差、用料和工藝之差而各不相同，然而對於食物的認可性，中國人和美國人卻幾乎趨於一致。中餐在美國大行其道，哪怕是偏僻小鎮，也可能有一家中餐館。

美國軍人有幾件關於吃吃喝喝的事，在中美兩軍交流中，絕對是正能量。事情是這樣的，一次美國軍隊訪問中國軍隊，回國後有人埋怨伙食不好，要求改善，說「中國軍人的一日三餐，餐餐都是盛宴」。

再說兩軍互訪時，中方派出帶上炊事裝備的炊事兵到美方交流，其間中國炊事兵為美國軍人做飯。當食物進入美國大兵的口腔後，彷彿產生了化學反應，他們的味蕾綻放，食慾大增。最受歡迎的是蕃茄炒雞蛋、宮保雞丁和甜酸咕嚕肉。蕃茄炒雞蛋是征服美國軍人味蕾的第一道菜，它兼顧了軍內各宗教、各族裔的口味。

另一個故事，是關於中方炊事兵製作的豆腐腦。豆腐腦在美軍官兵中引發了一場喋喋不休的爭論，論點是「豆腐腦是鹹的好吃，還是甜的好吃？」論據是陸軍吃了鹹豆腐腦，海軍吃了辣豆腐腦，空軍吃了甜豆腐腦，結果三軍人士都說自己吃過的豆腐腦最好吃，對方吃到的是異類。後來出了論證，解決方案是三種豆腐腦，三軍輪流吃，搞定！

就飲食而言，中國人天生具有搭配食物的敏銳性。對食品的製作，有著無與倫比的創造力，既滿足視覺的需要，又顧及口腔、鼻腔和腸胃道之享受過程，色香味兼顧，酸、甜、苦、辣、麻，皆各成一味。中餐的多樣性和廚藝的繁複性，西餐確實沒得比。

要說中餐和西餐的最大區別，恐怕是前者炒菜多，後者不炒。我贊同炒菜，各種葷的素的，只要經熱鍋熱油一炒，就香氣四溢！再有，中餐與西餐的廚房格局也不盡相同，中餐廚房配有炒菜鍋、抽油煙機，西餐廚房沒有這些設備，最多一個煎餅鍋。

美國民間愛中餐的故事就更多了。我們在喬治和海倫的家吃過很多頓飯，有一天我提議做一頓中餐，由我主廚，海倫觀摩。用冰箱裏現成的食材涼拌一盤茄子，炒一盤黃瓜肉片，煮一鍋蕃茄雞蛋湯，又從花園的盆栽摘來薄荷、紫蘇和中國芹菜做一盤沙拉。三菜一湯，加上主食意大利麵，很有色彩。黃瓜肉片的醬香、蕃茄雞蛋湯的清香、涼拌茄子混合蒜泥和芝麻油，是他們沒有過的感覺。

美國人講究飲食的熱能和營養，早餐咖啡牛奶、黃油芝士、雞蛋培根；午餐漢堡披薩、豬排牛排；晚餐大吃，紅酒、濃湯、沙拉、正餐、甜品。他們不像歐洲人那樣克己和忌嘴，因此歐洲人身材勻稱，而美國人肥胖者不少，都是吃出來的。

南極有多個國家科考站，天寒地凍，缺乏娛樂生活，串門便成為各國科考隊員的一大樂趣。串來串去，你吃我的飯，我吃你的飯，吃來吃去，中國考察站成了大家最愛去的地方。為什麼？飯菜好吃，蹭飯唄！

93 老美不愛保健品

有一位傳銷女士向我推銷食物、保健品、日用品。她說：

「產品來自美國，天然的，無污染，在美國家喻戶曉，那邊的富人都在吃。」話畢，她望著我，若有所思地補充道：

「你應該熟悉吧！」

「不熟悉。」我說。

我是真不熟悉，也沒有買她的東西，但是對於她的話，我倒是上心。分手後，我心裏犯疑，那產品真的在美國家喻戶曉？美國富人真在吃？我不是美國人，也不常駐美國，不熟悉這個行道。

我渴望把事情搞清楚。一來關乎健康，二來也彌補我欠缺的知識。我想到了律師家庭的喬治夫婦，把電話打過去，夫人海倫接了電話。我向她描述那位朋友的銷售方式。

「你指的是 Pyramid sales，是嗎？」海倫問。

「對的，就是它。」

Pyramid 即金字塔，加上 Sales 就成了金字塔式的銷售。金字塔式的銷售，上方小下方大，中文漢語叫「傳銷」，在不少華人地區甚囂塵上。我問海倫是否知道那個在美國「家喻戶曉」的產品。

「No！從來沒有聽說過！我們吃什麼用什麼，你們每次來家時看見的呀！」回答果然如我所料。

「你們的朋友吃類似的保健品嗎？」我追問。

「沒有。富有的人不吃，不富有的也不吃！」海倫的話很堅定。

在他們的生活中，幾乎沒有「保健品」之說，最多根據情況，按照醫生的指引，服用一些維生素和礦物質。而對於食物的營養和安全，他們講究有加，多吃原味食品，不用味精，不吃動物內臟，不用過多的調味品。

美國人的食物和日用品，主要從四大類超市購買：倉儲式超市、大型超市、小型超市、有機超市。此外還有少量的特色超市，如華人超市、韓國超市、日本超市、東南亞超市、墨西哥超市等。

這四大類超市，按便宜到昂貴排列。如 Costco，倉儲式，規模大，價格便宜，大宗採購，很像中國人的批發超市；如 Walmart 和 Target，大型超市，與香港的百佳和惠康差不離；老牌的小型超市，中產家庭愛去；有機超市，如 Whole Foods，出售的有機食品很貴，比普通大型超市的貴一倍甚至更多，中產和有錢人喜歡光顧。

如此你大概就清楚了，美國富人熱衷自然，喜歡有機食物，不吃保健品。他們去有機超市，選購那些有「Organic」標籤的食物。

佔人口百分之一的美國精英，年收入約四十來萬美金。他們主要把錢花在投資、慈善、旅行、禮儀中，尋求生活中規範的服務，強調尊嚴，以有良好修養為榮，重視子女教育。他們不追求奢侈品，如名包名錶，部分可能認為奢侈品已經過時，現在連中產都買得起；又或許，認為那是炫耀式消費，沒意思。股神巴菲特，擁有資產幾百億，卻依舊住在 1958 年購買的房子，一輩子不捨老窩，不是摳門，而是知足於一個舒適的家。

「不吃保健品，你們有什麼保健活動？」我再問海倫。

「生病看醫生，定期做體檢，定期看牙醫。」對了，他們特別在意牙齒保健，定期看牙醫，到處是牙醫診所。

「美國流行」，哪能一聽就當真！

94　公共福利不嫌多

德州是七個不收個人所得稅的美國州份之一，經濟得益於石油業和化工業。在休斯頓遠郊的加爾維斯頓（Galveston），其不遠處有個海灣，海灣旁邊有大型煉油廠，海上有穿梭往來的油輪。油輪將原油送去工廠加工，又將成品油運出工廠銷售。

這些碩大而氣勢磅礴的高噸位油輪，與之一起穿梭的，還有小巧的載客渡輪。渡輪每十五分鐘一班，每班裝載百來輛汽車和乘車的人。油輪和渡輪各行其道，海灣一派繁忙景象。

天亮時到達碼頭，恰逢一艘渡輪即將啟航，排上隊，很快就登了船，要去的對岸，是一個釣藍海蟹的好地方。

德州的渡輪歸交通局公路系統管理。公路由政府買單，因此搭乘渡輪，就只當使用了一段公路，公路免費，渡輪也免費。用納稅人的錢為納稅人辦事，「取之於民，用之於民」。

不過我倒是一個多慮之人，身為一個無稅可交的外國遊客，我琢磨在哪裏買船票。

「我們在哪裏買船票？」我犯疑，詢問小瑛。或許外國人沒資格享福利，我想。

「渡輪免費，本州人免，外州人免，外國人也免。」

新墨西哥灣五月的清晨，海風絲綢般吹拂。藍天與大海之間，海鷗成群結隊地在渡輪周圍翱翔，一會兒高飛，一會兒朝著甲板俯衝下來，一會兒又煽動翅膀揚長而去。是諂媚？還是在向我們討食物？還是單單享受生活？

「鳥兒們被寵壞了，一見到渡輪就來討食。」小瑛話雖這麼說，但還是放下背包，取出事先準備好的麵包，分給我們。我們把麵包撕碎，拋向空中，鳥兒們一窩蜂地搶食。

獵物夠多，鳥兒們也夠勇猛。眼疾手快的強者，在同胞尚未反應過來之時已經捕獲獵物；稍慢的，要到麵包在空中變成弧形之時才捉到。我為幾隻笨鳥著急，牠們飛來飛去，半天捕不到一塊。

一隻海鷗落在船艄，大大方方走到我跟前。牠一邊啄食甲板上的麵包屑，一邊欣賞同伴們的行動，也偶爾斜我一眼，轉動一下眼珠，伸縮一下脖子，好像不把我當回事。人類和鳥類之間，沒有尊卑之嫌；雲端與大海之間，人鳥同樂。海鷗是海洋的象徵，是和平天使，無論是站著，飛翔，還是在船舷上排隊跳水，都是我鏡頭下的寵兒。

到岸了，半個小時的渡輪，五個人和一部車，收費的話該是多少？我琢磨，一個地區公共設施怎麼樣，民眾能享多少福利，免費醫療囊括哪些範疇，義務教育到了哪個階段，是檢視政府為民服務的度量衡。

關於福利那些事兒，我自然聯想到香港。香港如何？香港的高速公路是免費的；公立醫院一流的醫生和一流的設備，基本是免費的；郊野公園是不收門票的；海邊的游泳場是隨便進出的，還有專業救生員執勤，泳後有免費的淡水洗浴，等等。不算不知道，細數起來還不少。

生活在這樣的環境裏，我們已經習慣成自然，樣樣順理成章，天經地義。公共福利，真是再多都不嫌。

95 漢庭頓的遺產

洛杉磯的漢庭頓藝術莊園（The Huntington），一個從未聽說過的地方，丹曦推薦我們去看看，在她眼裏，那裏非常值得去看看。

莊園是美國鐵路大王亨利·漢庭頓（Henry Huntington）的私產，建於 1919 年。二十世紀以前的北美，遠不及歐洲先進，設計師是漢庭頓夫人從歐洲請來的。夫婦倆去世前，將莊園捐贈給政府，用畢生的積蓄設立一個信託基金對其管理。莊園現在每年接待世界遊客數十萬，同時吸引大量的學者前往做學術研究。

說起漢庭頓，就得提到漢庭頓圖書館、漢庭頓博物館、漢庭頓藝術館及漢庭頓植物園。圖書館以文字記載知識，貯存文明；博物館用實物展現歷史，一件很複雜的事情，經實物和圖片展示，就搞清了來龍去脈；藝術館則彰顯當時人們的品味和雅趣。

莊園的核心是藏品，當年漢庭頓夫婦用一艘大船，把徵收到的古董從歐洲運至洛杉磯。收藏是他倆的畢生愛好，所藏之物多達幾百萬件，都是歐洲文明的瑰寶。

漢庭頓圖書館，是美國重要的研究型圖書館之一，收藏了不少真跡、手稿、孤本和歷史文獻。有莎士比亞（William Shakespeare）的早期作品、華盛頓簽署的檔案、狄更斯（Charles Dickens）和雪萊（Percy Shelley）的手稿、英國查理一世（Charles I）和萬有引力發現者牛頓（Isaac Newton）的親筆信，以及傑克·

倫敦（Jack London）的名著《海狼》（*The Sea Wolf*）手稿。1906年洛杉磯大地震後，《海狼》手稿毀於火災，從保險櫃取出時，手稿已成焦炭，人們用玻璃將焦炭真空密封，予以保存，也供後人參觀。

遊走在圖書館和博物館裏的人，心境是平靜的。參觀者有較好的修養，保持安靜，輕輕地走路，儘量不說話；必須說的，就把嘴巴湊到對方的耳朵邊，生怕打擾了他人，生怕有失對文物的尊重。

館中有來自中國的稀世文物，第四百一十九冊《永樂大典》，講述皇室家族如何教育皇子。不知道此文物是怎麼來到美國的。

美國館內的藏品看起來很現代，最早的畫也不過是1823年，像當代藝術品，像發生不久的事。不像中國，美國開國歷史短，稍有點年代的東西就當寶貝。

園林部分頗具規模，以中國園林、澳大利亞園林、沙漠園林和玫瑰園為主。沙漠園林有很多前所未見、奇形怪狀的植物，有些植物鮮艷欲滴、秀色可餐，卻在旁邊豎著一塊警示牌「遊人小心，植物有毒」。看來有毒的植物都很美，正如不健康的食物都好吃。有兩個遊客像是來自寒帶，他們特別興奮，不斷拍照。

中國園林「流芳園」，由蘇州工匠以蘇州園林風格建造，一石一瓦都來自蘇州。園林不大，卻有山水、拱橋、庭院、長廊、樓牌、戲臺，該有的都有了。「流芳園」是漢庭頓的園中精品，鞏俐和章子怡出演電影《藝伎回憶錄》時，曾在此取景。

漢庭頓夫婦發財，得益於他們的泛太平洋鐵路公司，那時正值洛杉磯從一個小鎮發展為大都市的初期，遍地都是賺錢機會，就像中國改革開放初期。漢庭頓夫婦留下的遺產，單憑這個莊園，已經算創舉。

把錢花得意義深遠的人，歷史記住了他們。

96　美國義工，香港義工

美國孩子從小就要幹活，幫父母洗車，為鄰居修剪草坪，在社區送報紙，為朋友照看貓狗。高中生能否畢業，除了看學業成績，還要看對社會的奉獻，服務社會是必修課。

沒有義工紀錄的學生幾乎上不了大學，更別說進入名校。醫學院的招生條件之一，是考生要在醫院做幾千個小時的義工，以此證明對醫學事業的熱愛，以及對病人的愛心和耐心。在洛杉磯漢庭頓莊園的諮詢臺，華人義工施先生說：

「這是一個民間機構，一千多名職員，多數是義工，當中不乏年輕人，有的做了十多二十年。」

在園內的歐洲藝術館，有一位拄著拐杖的講解員，看上去已有八十多歲，從胸牌知道他叫 Brian Scanlon。當他看見 Joy 在一幅畫前駐足，就過去講解：

「畫中女人的衣服不是她當初穿的那件。為了讓她顯得永恒，後人重新為她畫了一件。」

「哦！真有意思。您是義工吧？每週工作幾天？」Joy 問。

「一至兩天。」

「辛苦嗎？」我問。

「我身體健康，喜歡漢庭頓，在這裏很快樂。」他的回應不算直接，但是意思很清楚。

「有沒有退休計劃？」我好奇他要做到何年何月。

「直至生命的盡頭。我喜歡這樣生活。」

離開展館時，我又回望一下 Brian。遊客不多，他坐在椅子上，看來還是累的。這個老頭，滿滿的正能量！另有一位先生 Robert Maronde，業餘時間到莊園幹活，他幽默地說：

「我太太不准我退休後呆在家裏，我得找個去處，就來做義工。」

義工都各具專長。懂文物保護的在博物館；有育苗栽培經驗的在植物園；會整理書籍的在圖書館，整理書籍之餘也為到訪者提供諮詢。

門外，義工們正從儲藏室將畫搬出來，忙忙乎乎的，聽說根茲巴羅（Thomas Gainsborough）的畫 *Blue Boy* 將要展出，要做的事情不少。

自 1919 年漢庭頓莊園建立以來，時過境遷，莊園主人留下的錢早已用盡，基金公司赤字了。靠著義工和固定捐款，這裏依然每天開館閉館，正常運作。

回看香港，不少社會事物是由義工撐起的。養老院常有義工擦窗戶，拖地板，餵老人進食，陪老人聊天。每逢週六，到處可見中小學學生和幼稚園小朋友為慈善募捐，孩子們站在路邊，向路人點頭鞠躬，無論你投幾塊還是幾毛，他們都向你致謝。

高度發達的商業社會，人們追求付出帶來的效益。然而七百多萬港人中，有一百多萬人登記做義工。小女兒 Joy 上大學時，用打工掙來的錢，去泰國山區幫窮人修廁所。我問她為何選擇這個義工項目，她說「被一次旅行途中的骯髒廁所嚇怕了」。

有些香港義工，甚至犧牲在異鄉。黃福榮和曾敏傑，前者在玉樹地震中救出三名孩子和一名老師，再次衝進廢墟時倒下了；後者畢業於英國帝國理工大學，曾在英國銀行界打拚，在為玉樹學生送冬衣途中遭車禍而身亡。

義工活動開展得怎樣，是一個地區文明的試金石。

97　「白人看不懂」

洛杉磯漢庭頓莊園的沙漠植物園裏，一位女士的 T 恤上印著「白人看不懂」。聽我們說著中國話，她過來用普通話打招呼並自我介紹叫麗柔，是義工。

「我們看得懂。」我指著那五個漢字說。

「當然！當然！」她哈哈地笑，興趣盎然的樣子，大概高興有機會練普通話口語。根據她的 T 恤，我斷定，這個美國女人很幽默。

我審視她的普通話音調，是由專業老師訓練的，雖然英語腔調濃郁。

「你的普通話說得真好！」我稱讚道。

「哪裏哪裏！過獎過獎！」

「你的名字即好聽，又女性化。」

「麗柔，美麗的麗，溫柔的柔。」隨和、健談，天生一副美國人的性情。

「你們從哪兒來？」

「香港。你好像很享受這份工作？」我的話似乎讓她找到了切入點。

「我是加州大學的退休教授，學過生物學和植物學，在這裏工作得心應手，加上我愛漢庭頓，就來做義工。做義工九年了，在這裏很愉快。」她說出了我們欲知又尚未問及的事情。

「你固定在沙漠園工作嗎？」外子問道。

「No，義工是哪裏需要你，就去哪裏，管理、保潔、園藝、講解、修理、諮詢、翻譯等。這裏工作多，博物館、藝術館、文藝復興館、圖書館、綠化帶、植物園…… 單單是玫瑰園，一月份就要為兩千多棵樹整枝。如果定點工作，顧不過來！」她滾雪球似地談工作。

「做義工有津貼嗎？」我鼓起勇氣，提出一個別人可能忌諱的問題。

「沒有，甚至沒有交通費和午餐補貼。不過莊園每年會舉辦兩三次晚宴，以此答謝義工，也為我們提供交流平臺。」話畢，突然又有了新發現似的，道：「義工買紀念品有 10% 的折扣。還有，莊園給當值的義工提供免費車位。」

這些算什麼津貼！我想。

「你的普通話學了多久？」我從事漢語教學，順便關心一下。話題令她興奮，話匣子再次打開：

「我六十五歲開始學漢語，已有十三年。那年我第一次去中國旅行，離開中國時我感到，若下次再來，我不能僅僅是一名旅行者。回國後我進入夏威夷大學學漢語，後來又去了加州大學一個為期八個月的全日制漢語班。其間我強迫自己不說英語，在衣服上別著『我不會英語』的徽章。再之後，我修讀北京的網上漢語課程。2009 年夏，我去上海外語學院強化學習，收穫頗豐。」

「興趣這麼大？」我讚賞道。

「我的目的簡單，只為能夠獨自在中國旅行，這個目標我達到了。我去過哈爾濱、蘇杭、南京、西安、洛陽、敦煌、吐魯番、烏魯木齊、喀什，拍了好多寶貴的照片。我還沿著絲綢之路，從北京乘火車，穿越蒙古去莫斯科。」

哇！走了大半個中國，有的地方我都沒去過。好一個可圈可點的女人！

她又收回話題：「莊園的中國遊客日漸增多，我有語言優勢，做義工榮耀、安詳、幸福。否則我堅持不下來！」

這倒是真話，是受苦受難還是樂在其中，不同的人感受不盡相同。麗柔的義工生活，不像工作像度假，不像付出像享受。（圖 32）

98　蓋蒂中心暢想

洛杉磯的蓋蒂中心（Getty Center），丹曦叫我們去看看。

中心矗立在山頂上，從山腳乘免費小火車上行，五分鐘到達。居高俯瞰，從那裏可見繁忙的洛杉磯市和平靜的太平洋。

線性的建築，大氣、簡潔，內外流暢。室外的花園以白色為基調，襯以綠色植物，光線和空間磊落呈現，就像一幅清新脫俗的油畫，是現代與古典相結合的傑作。由建築師理查．麥爾（Richard Meier）設計的蓋蒂中心，曾獲美國建築界最高榮譽獎。

是藝術館也是博物館，展品包括幾本古樸厚重的書，手寫的，一字不錯的原版，抄寫者是怎樣做到的呢？

一字不錯，不說書法有多美，只說說裝訂。在十四至十七世紀，是怎樣裝訂出來的？不比較也就罷了，比一比，那線裝的書，視覺美勝過了電腦製作！

那是心血的結晶，讀書人要怎樣地惜字如金、惜墨如金，才對得起寫書人！有人一邊看一邊在嘴上嘖嘖嘖！我不習慣嘖，感慨之餘心想，如果我讀那一本書，會「壓力山大」。

也感慨如今 IT 時代的人，文風越來越不嚴謹，講口水話，用語氣詞。一些看上去貌似有聲有色的文字帖子，實際上不知所云，既不打草稿也不編輯，全是廢話。

說起來真是可悲，這種效應若刨根問底找禍害，當然是手機、電腦。有了手機和電腦，現代人的表達方式隨心所欲，極不嚴謹。寫字不用紙和筆，沒有成本，文字來得容易，形容詞和感嘆詞濫用成災。

從古至今，說話寫字從精煉到囉嗦，大概分四個階段。

首先是古代。為了保存資訊，古人把字寫在龜甲、獸骨、竹簡、石頭、羊皮上，製作這些東西成本高，工藝繁複，使用的人珍惜如命，因此古文優美精煉。其次是東漢，蔡倫發明了造紙術，有了紙張，方便了，書寫和閱讀量大增，話多了起來。再有，民國初，文言文轉白話文，人們說話變得越發隨意，越發囉嗦。到了當下網絡時代，書寫工具是電腦、手機，寫了刪，刪了寫，不刪也無妨，保存雲端容量無限大，結果更加囉嗦。

蓋蒂中心也展出油墨畫，人像、樹林、家園、孩子們嬉戲的場面，都反映貴族的生活。在歐洲繪畫中，好像極少表現窮苦的民間，這與中國畫不盡相同。

繪畫中，十六世紀以前的貴族，男人是捲髮，金色的大波浪，或頂在頭上，或披在肩上。直到十七世紀，人們才開始換髮式。看著貴族們彎彎曲曲的頭髮，我不解，在那個不發達的時代，他們用什麼技術燙髮？反之，女人不燙髮，她們把頭髮扭成一個結，盤在腦後。也不知道從什麼時候開始，才輪到女人燙髮。

中心有一個展廳，專供參觀者學習臨摹繪畫。那天，有一群學生在那裏上美術課，老師站著講，學生席地而坐聽課。這麼隨意，是否有助於學生的創造力，如天馬行空般地開展呢？

中心主人保羅·蓋蒂（J. Paul Getty）生於十九世紀末，他因開發石油致富，二十三歲就成為當時的百萬富翁，1957 年被《財富》雜誌標榜為美國最富有的人。

99　十里不同風，百里不同俗

美國人不同於歐洲人，歐美人不同於亞洲人，南亞人不同於東亞人，東亞的日本人又不同於東亞的韓國人。

如果在一個景點，遇到兩個洋人旅行團，這樣區別好了：認真聽導遊講解的，有秩序守紀律的，德國團；有人在聽，有人在笑，有人在幽默打趣的，美國團。如果都是亞洲團，站得畢恭畢敬，洗耳恭聽，聽完了才提問的，日本團；嘰嘰喳喳，少數人在聽，大部分人在說話的，韓國團；三分之一在聽，三分之一在說話，三分之一在東看西看的，中國團。

中國人強調整體優先，從整體到個體，時間按年月日排列，地點從大說到小，國家、省市、街道，人名放後面；西方人則從個體到整體，從小到大，先說小的後說大的，信封上把國名放在最後。

一次在東京轉機，第二程航班的鄰座是一位日本人。十幾個小時，中途我起身去衛生間，我對他說「Excuse me」，他客氣地起身讓路，彬彬有禮，不怠慢。如果是美國人，我想，會一邊起身讓路，一邊隨意地與你沒話找話說。如果是中國人，一定是大大方方地說「不客氣」。

美國人說話也有不爽快的時候，如果他不認同你的說法，會兜著圈子告訴你「你的觀點很有趣」。一次從洛杉磯飛往波士頓，空中先生在廣播裏說「在波士頓的上空，我們將把風雪阻擊在窗外」。他不直接說那邊的天氣不好，而是告訴你那邊在下雪，很冷。如果是我們，就直說天氣怎樣，溫度多高。這種話，不知道日本人會怎麼說。

中國人結婚要大紅大綠，忌諱白色黑色；美國人結婚以白色為基調，白色代表嚴謹、祥和、純潔。假如兩國人民在婚禮的色彩上較真，會感到對方不可思議。中國人不直呼長輩的名字，那是有失體統的，超越了身分；美國人則認為直呼其名很親切。

有的中國人愛講理論，動輒上綱上線，概括性、原則性，簡單的事情複雜化，擔心講細節會讓人覺得你沒水平；美國人重視獨立思維，關注細節，越細越好，複雜的事情簡單化，卡通片《芝麻街》的故事深入淺出，一看就明白要崇尚自然，尊重生命。

美國和香港，都曾經是英殖民地，卻在諸多方面各行其道。美國的車輛和行人靠右，地面那層叫一樓，上一層叫二樓，與中國內地一致；香港的車輛和行人靠左，地面那層叫底層，上一層才叫一樓。大陸人到了美國不用改習慣，靠右行，一樓就是一樓，二樓就是二樓；倒是來到香港，離祖國咫尺，反倒有了落差，走路要靠左，地面那層要叫底層。

香港人的生活習慣在回歸後沒有變。我問朋友：

「明明是一樓，為什麼要說底層？」

「地面不是樓，樓也，空中也。」

這種解釋看似有道理。但是無論有道理還是無道理，入鄉也就隨俗了。根深蒂固的習慣，說改就改，到來不久就習慣了。

中國人的唐式思維，美國人的洋式思維，日本人的和式思維，不同的思維方式帶出不同的言行模式，都在理上。

100　各美其美，美美與共

中國人與美國人，隔著偌大的太平洋，思維方式是咫尺與天涯的距離，正如美國演員在臺上說脱口秀，臺下觀眾笑得前仰後翻，而中國觀眾卻茫然不知笑點何在。

兩國的遊客也是各有各的期待。美國人期待看原始的、聖潔的、聞所未聞的，越原始的越吸引，總之要與自己的不一樣。甚至有極端的美國人說，發展不一定是好事，現代化帶給人類的是災難。而我們就不這樣想，我們希望「只爭朝夕」，越快越好。

中國遊客期待的事物要分階段。二三十年前出境的，一下飛機就尋找招工廣告，然後才是看高樓大廈，紐約的時代廣場、香港的銅鑼灣、東京的銀座；後來中國的現代化步伐加速，經濟實力提升，自己的高樓大廈和現代的事物多了，於是要看民俗的、稀奇的、標新立異的，諸如土耳其的咖啡、法國的紅酒、美國的印第安部落，當然也有人期待看房子。

客觀地說，美國人有很多可愛和不可愛之處。最可愛的是愛向陌生人打招呼，彼此友好，有時好到令人感動；他們誠心交流，不遮遮掩掩的品性也很可愛。另外，年輕人追求自強，創業不依賴父母；遇事冷靜，危險時刻把安全留給弱者；不畏老，退休了也在忙，有「春蠶到死絲方盡」的精神。

就女人而言，很多中國女人欣賞美國人重視家庭關係，守本分，下班就回家，週末打理花草、做運動、看電影、郊遊、去教會。我還特別欣賞美國人舉杯時不「先乾為敬」，要問「我們乾了，好嗎？」你若說不要，就會尊重你。

美國人的不可愛之處，也太不可愛。濫用槍械，縱容持槍者；流行吃速食；有形無形的種族歧視；近年的「美國優先」，讓全世界生厭；出行到哪裏都遠，要開車；愛幼，卻不如我們尊老；我行我素；治安好壞要分區域，好的路不拾遺，差的常有搶劫，如果有人出事，警員好奇你「為什麼來這兒」。

另有一些現象，無關可愛不可愛。好比說中國人流行群體文化，言行舉止要被群體認可，否則就有壓力。但是美國人不管，一些我們認為是關心體貼的話，房子多大、開什麼車、賺多少錢、是否結婚，他們卻認為是隱私。

美國人的可愛與不可愛，細想起來還真多。有個現象我不能理解，有的中國人一到美國就變，變得守規矩，擔心犯了法不能脫罪。另有一現象我能理解，那邊的中文受臺灣人影響，待久了口音會變，變得帶閩南腔。口音變了會有煩惱，回國時不理解的朋友會以為你假，是「洋涇浜」。

美國人有很多優點值得學習。而中國，最值得學習的，恐怕是沒有槍擊案。這一點，美國人真該學一學，雖然學起來難度大。

欣賞他人之美，不是人人都做得到，人的思維具有慣性，容易以自己之長丈量他人之短。我欣賞著名社會學家費孝通的「美美四句」，他說「各美其美，美人之美，美美與共，天下大同」。

策劃編輯　梁偉基
責任編輯　朱卓詠
書籍設計　陳朗思
封面設計　鄒丹葉

書　　名　美國散記
著　　者　柳小冰
出　　版　三聯書店（香港）有限公司
　　　　　香港北角英皇道四九九號北角工業大廈二十樓
香港發行　香港聯合書刊物流有限公司
　　　　　香港新界荃灣德士古道二二〇至二四八號十六樓
印　　刷　美雅印刷製本有限公司
　　　　　香港九龍觀塘榮業街六號四樓 A 室
版　　次　二〇二三年十一月香港第一版第一次印刷
規　　格　大三十二開（140 mm × 210 mm）二九六面
國際書號　ISBN 978-962-04-5363-2

Published & Printed in Hong Kong, China.